Newriting

27

写下
她自己

张悦然 主编

中信出版集团 | 北京

图书在版编目（CIP）数据

鲤·写下她自己 / 张悦然编. -- 北京：中信出版社，2024.11. -- ISBN 978-7-5217-6921-0

I. I14

中国国家版本馆 CIP 数据核字第 2024Z9Y252 号

鲤·写下她自己

编者： 张悦然
出版发行：中信出版集团股份有限公司
（北京市朝阳区东三环北路 27 号嘉铭中心　邮编　100020）
承印者： 三河市中晟雅豪印务有限公司

开本：880mm×1230mm 1/32　　印张：10　　字数：173 千字
版次：2024 年 11 月第 1 版　　印次：2024 年 11 月第 1 次印刷
书号：ISBN 978-7-5217-6921-0
定价：59.80 元

版权所有·侵权必究
如有印刷、装订问题，本公司负责调换。
服务热线：400-600-8099
投稿邮箱：author@citicpub.com

| 卷首语

张悦然 / 文

本期杂志围绕"女性的自传体叙事"展开。确定这个主题之后,我们很快发现,自己深陷于一片定义的泥沼中。"自传体小说"和"回忆录"应当加以区分,"自传体小说"与"自小说"有所不同,"自传"和"回忆录"也不尽相同。在讨论中,我们必须谨慎地挑选准确的用词,否则会给本就缠绕在一起的概念增添新的混乱。这些概念之所以纠缠不清,主要是因为在国内,无论是"自传体小说"还是"自小说",作为小说文体的它们并没有得到充分的发展。而对真实性的自传体叙事,人们也仍旧怀有一些定见,比如认为它的作者应该是名人,或至少是经历不凡的人。英文里的 Memoir 在中文里译作"回忆录",有些不匹配,"回忆录"听起来更恢宏壮阔,仿佛是专门给暮年之人追忆一生预备的。译作"自传",听起来略微简朴一些,但似乎也不是谁都可以写的。古代常说"立传","传"是要树立起来的碑文。然而在西方,自传没有那么尊贵,如果说它多少还需要传主有些特别的故事,那么回忆录则完全不必,它几乎可以囊括所有非虚构又包含个人经历的叙事性作品。所谓的叙事性,并不需要是完整的故事,近年来,它还有与文论进一步融合的趋向。美国作家玛吉·尼尔森的《阿尔戈》就是这方面的代表作。定义的问题,表面是语言的问题,背后是文化的问题,也暗含着一种政治。"自传体叙事"在我们这里之所以不活跃,一个很重要的原因或许是,我们并不认为,每个人都拥有表达的权力,每个人的经历都值得被阅读。

近年的英语文学世界里,出现了很多女性自传体叙事的作品。回忆录方面有蕾切尔·卡斯克的三部曲(*Aftermath, A Life's Work: On Becoming A Mother, The Last Supper*)[1],德博拉·利维的"女性成长三部曲"(《我不想知道的事》《生活的代价》《自己的房子》),小说方面则有希拉·海蒂的《房间里的母亲》,等等。在国内,伴随着女性主义的浪潮,这些作家和作品也越来越受关注。而真正使"自传体叙事"变

---

[1] 目前该三部曲中的第二部作品已有中译本《成为母亲:一名知识女性的自白》,黄建树译,上海:上海人民出版社,2019。

得备受瞩目的原因，还是法国作家安妮·埃尔诺获得诺贝尔文学奖。虽然她成名已久，但在国内，她的作品仍旧显得很新颖。它们似乎示范了一种在我们的土壤上很难存在的文学样态，即以一种客观的、坚定不移的口吻书写自己。安妮·埃尔诺带来的陌生感里，包含着我们对自己的陌生。在我们的文学界，书写自己始终没有建立起所谓的合法性。一些自传体作品之所以受到关注，往往是因为其中的故事，而并非其文学性。说到自传体小说，事实上，这更是一种契约严苛的叙事品种，我们似乎还没有准备好将自传体小说当成虚构作品去欣赏。这背后的深层原因，很可能是我们比西方读者更在乎所谓的"真实"。《史记》和《左传》等作品，既属于文学作品，也属于史学作品。我们容许杜撰存在，但是我们不能容许它们大大方方宣称自己是假的。而女性自传体的叙事，在我们的文化中的发展，更是艰难。当我们试图追溯这条曾经有过的纤细的传统究竟断在哪里时，我们发现，或许可以邀请很多女作家加入讨论，让她们谈一谈自传体叙事发展的困难，以及这与她们的写作是否相关。和以往任何一次一样，我们的讨论没有结论。我们只是提出问题，并将它们交汇到一起。但是就像树枝变成篝火，问题和问题的相遇，有时就会产生洞见的火光。

在这期杂志中，你将读到多位女作家、思想家的访谈。当我们谈到女性自传体叙事的时候，我们呼唤的是一个个独特的女性声音。就像朱莉娅·克里斯蒂娃在写她的《女性天才三部曲》（*Female Genius: Life, Madness, Words: Hannah Arendt, Melanie Klein, Colette: A Trilogy*）时说的那样："如果说波伏瓦比较重视女人的条件，那么我比较重视女人的具体的才华，活生生地体现在一个一个有才华的女人身上。"这些访谈展示的是女人具体的才华。她们如何讲述自己的生活和写作，将会带给我们很多启示。

> 随着文学的边界不断受到来自现实的挑战，叙事理论也发展出顺应时代的变革与创新。在这一过程中，概念指称的内涵不可避免地发生着流动，我们试图初步梳理以下概念，以期为读者提供阅读的参考与解读的出发点。
>
> · **自传（autobiography）**
> 指作者以第一人称进行非虚构叙事的作品，内容聚焦于传主的个人发展，强调作者本人生活经历的真实性。

· 回忆录（memoir）
通常指作者回顾自己早年经历的非虚构性叙述文本。与自传聚焦传主本人的个人发展相比，回忆录倾向于呈现文本中人物在时代中的共同经历。因此，回忆录的叙述视角不固定为第一人称。

· 自传体小说（autobiographical novel）
文本的故事、情节、环境或人物基于作者本人生活真实经历的虚构文学作品，大部分以第一人称进行叙事，也不乏第三人称的叙事角度（如 D.H. 劳伦斯《儿子与情人》）。

· 自小说（autofiction）
广义上看，"自小说"与"自传体小说"的所指一致，前者可视为对后者的简略性表达。狭义上看，法国现代叙事理论在 20 世纪 70 年代分离出了这一新的概念——自小说。

· 自传体叙事（autobiographical narrative）
包含了广义的自传体小说和以第一人称进行非虚构叙事的作品。

目录

A 主题讨论

Autofiction：真实与虚构之间的裂隙	003
何以为人	028
克瑙斯高的女性化写作：论性别文学与情感的女性化	055
如何抑止女性身体写作	082
问卷讨论：女性与自传体叙事	093

B 小说

饮福 135

作为玩笑的一生 165

椭圆形午后 173

余波（选段） 201

C 访谈

希拉·海蒂：这个世界并不渴求女性在智识层面的贡献 213

蕾切尔·卡斯克：当人们问我，为什么你就不能爱自己的孩子、放过自己呢？ 224

朱莉娅·克里斯蒂娃：我是一个充满能量的悲观主义者 236

李翊云：我只是想要到达一个比表面更深、比我的起点更远的地方 256

专栏

二十岁的热松饼 273

评论

世间的水：李斯佩克朵与她的写作 293

人名对照表 303

A 主题讨论

Autofiction：
真实与虚构之间的裂隙

梁骥 / 文

什么是 autofiction？

如今人们谈论起这个在文学界炙手可热的体裁时，常常会发现自己并不太清楚它具体的定义，更不知道当拿起一本在封面上标注着"autofiction"的叙事作品时，应当以何种心态阅读它。

我们应该把它当作小说还是自传？

我们甚至难以用中文给它一个精确的翻译——自小说、自虚构还是虚构自传？

它是否仅仅是自传体小说的另一种形式？

它的叙事是基于虚构还是真实？我们能够相信它吗？

要回答这些问题，首先需要深入理解我们已相当熟悉的一种体裁——自传，以及它与诸多类自传体裁的区别。因为正是基于法国学界对自传的解构,法国作家塞尔日·杜布罗夫斯基在1975年创造了autofiction这一术语。此二者乃至一切第一人称文学作品共享着一个叙事核心,即那个在文本中以"我"自称、向读者娓娓道来的人物。为了充分理解以上三个概念,我们不妨先理解"我"。

当"我"讲述自己的故事,你能相信"我"吗?

想象一下,当你随手打开一本书,读到了这样一段文字,你会如何看待它?

> 我躺在地上,非常痛苦,身上满是醉酒的丈夫留下的伤痕。这个家早已成了囚禁我的牢笼。墙壁上的每一个痕迹都在诉说着暴力的故事,而我无力反抗,只能在这寂静的房间里承受着痛苦。恐惧和无助包围着我,仿佛有一只无形的手紧紧掐住我的喉咙。[1]

你可能很自然地开始同情文中的"我",甚至产生强烈

---

1 本段文字由AI生成。

的共情，感受到她的痛苦。然而，你深知这一切仅限于文本之内。你不会过度不安，因为无论你如何将自己投射到经历苦难的"我"身上，与叙事中的"我"共情，你的理性总会清楚地提醒你，这些不幸被牢牢限制在文本的范围内。一旦合上书本，你便会在封面上看到"小说"二字，犹如一种符咒，镇压着书里蠢蠢欲动的事物。

这种安全感来自两个世界完全的对立——承载我们存在的真实世界，以及容纳我们虚构想象的文本世界。它们之间理应存在一道坚不可摧的壁垒，其中嵌着一面巨大的单向玻璃，让我们的精神可以随意进入虚构的世界四处游历，同时也保护我们的现实永远不与虚构混淆。

正因如此，尽管我们可能会与故事中的主人公共情，尽管我们可能愿意相信这个叙述自身的"我"遭遇的事件是真实的，但我们的信任永远只会停留在文本层面。我们清楚，虚构的事件只有留在文本世界才具有真实性，因而不会对我们的现实生活产生影响。

让我们再设想一下，当你合上这本书，发现手中握着的并非一部小说，而是一本日记，封面上写着你一位好友的名字，意味着她亲身经历了书中描述的一切。这时，你可能会开始担忧她的处境，考虑是否应该和她谈谈，询问她是否需要帮助。

但你突然想到,你昨天刚刚见过这位朋友,她看起来容光焕发,而且你知道她并没有结婚,家庭暴力更是无从谈起。于是这时候你面对两个选项:(1)颠覆自己的理性,猜想她背着所有人悄悄结了婚;(2)认为她写了一篇小说,女主人公与她同名。如果你选择了第二种理解,你便可以说,你的朋友进行了一次针对"自我"的虚构。

到了这一步,你已经可以把这段文本看作某种形式简单的 autofiction 了。但在此之前,让我们考虑一下另一种情况。你之所以果断地把这段文字排除在真实之外,是因为它描述的情节与你所知的现实大相径庭。但如果这段文字署了一位你熟悉的已婚朋友的名字,而恰好她最近看起来有些精神恍惚,你还如何判断它该被标记为"虚构"还是"真实"呢?

将这个问题扩大到广泛的文学范畴中时,读者发现:任何第一人称的叙事文本,其文本内部的要素,都不能完全保证它的真实性。也就是说,当你读到一篇以"我"为中心的叙事作品时,你根本无法判断它到底是一部建立在真实事件上的自传,还是一部由虚构的第一人称叙述的小说。

当文学理论家们试图探究"自传"这一在各国文学中都

有长远历史的体裁时，这便是他们要面临的核心问题。尤其是当自传被摆在小说的对立面，代表着真实与虚构的二元对立时，文本的叙事主体"我"便被置入了质疑的中心。

我们之所以选择阅读一本自传，而不是翻开又一部天马行空的小说，正是出于对作者本人真实生平的兴趣。我们期望一部自传的作者是真诚的，因此在阅读《忏悔录》时，我们会对卢梭写作时惊人的坦率大加赞赏。他在书里毫不掩饰地剖析自己的手淫、滥交与暴露癖，描述自己在八岁时从女教师的鞭笞中获得了快感，坦诚自己与华伦夫人涉嫌乱伦的浪漫关系。但我们渐渐发现，卢梭在书中对忏悔的内容的选择有非常强烈的倾向性，他似乎非常乐于曝光自己在性方面的经历与爱好，仿佛是为了满足另一种形式的暴露癖；他还详细描述了那桩著名的缎带失窃案，痛悔偷盗了财物且诬陷了无辜的玛丽昂。然而，读者在《忏悔录》通篇都找不到他一连抛弃了五个子女，将他们全数送进了孤儿院的描述。

通过这种明显对回忆加以择拣的"忏悔"，卢梭似乎在用小说叙事中塑造人物的方式塑造自己：他明确知道哪些行为会被读者原谅甚至喜爱，因而在书中进行了浓墨重彩的描述，至于那些可能威胁到他名声的事件，他只是草草带过。也正因如此，在1949年为《忏悔录》所著的序言中，安德烈·莫洛亚对这部著名自传的真实性提出了质疑：卢梭真的如他所保证的那般诚实吗？

> 事实上一种忏悔只能是一篇传奇故事。……《忏悔录》是所有恶汉小说中最好的一部。它具备了小说体裁所需的一切要素。

莫洛亚的质疑几乎消解了自传与小说之间的界限，他直指一部自传得以成立的基础，即叙事主体"我"所述事件的真实性。如此一来，所有的自传都有可能被"指控"为小说，且无法自证"清白"。无论卢梭如何一次次地向读者保证自己所言非虚，人们总能在他的行文中找到拣选与加工的痕迹。

为了捍卫虚构与真实的边界，法国文论家菲利普·勒热纳提出，在文本之外构建一份由作者与读者共同签订的"自传契约"，自传者以自己的名字为核心，将文本作者、叙述者与主人公三者的身份完全统一，在文本与现实层面都形成稳固的三位一体，以此尽力向读者保证文中共享了作者名字的"我"所述为真。而读者也由此拥有了选择的权利，你当然可以拒绝信任作者，把这部作品当作另一本满纸虚构的小说，也可以在"签署"作者提出的契约后，相信叙事者的真诚，承认这本书的自传性质。

真实的面孔，虚构的面具

勒热纳的理论虽然有效，但也将所有的第一人称叙事限定在两种范式之内：自传契约与小说契约。二者尽可以在叙事手段上互通有无，却唯独在一个核心问题上泾渭分明，即作者身份与人物身份之间的关系。勒热纳强调，只有当作者与人物明确同名时，文本才能被当作自传看待。根据阅读契约与叙述者身份两个标准，他对第一人称叙事做了如下划分（见表1-1）：

表1-1 第一人称叙事范式

阅读契约	人物姓名		
	与作者异名	无名	与作者同名
小说契约	小说	小说	
无契约	小说	未定	自传
自传契约		自传	自传

勒热纳给出的表格留出了两处无法定义的空白。左下角的方框中的内容显然不合逻辑，从最基础的定义上看，一部

宣称为自传的作品不可能去讲述另一个人的生活。真正引起他研究热情的，是右上角的另一处空白，它暗指了一种在理论上似乎可行，却从未见过实例的叙事模型：一篇明确定义为虚构的小说，但其主人公与作者同名。

正是在这一理论空白上，塞尔日·杜布罗夫斯基——这位后来被人们尊为"autofiction 之父"的法国作家——开始构想他的新作品。在 1975 年给勒热纳的信中，他这样写道：

> 那时，我正专注在写作中，（您的理论）与我的工作息息相关，深深触动了我。即使到现在，我仍然不确定我的创作在理论层面的地位，但我深切地希望填补您在分析中留下的这个"空格"。[1]

两年后，在勒热纳表格右上角的空白位置，杜布罗夫斯基填上了他的新作《儿子》，并宣布这部作品属于一种全新的文学体裁。它在形式上完美地符合勒热纳的小说契约，但叙事却围绕着一个与他自己同名同姓的人物展开。根据杜布

---

1 《诗学》（*Poétique*），1986。

罗夫斯基对 autofiction 的定义，这是一种"建立在严格真实的事件与事实上的虚构"，而与传统自传相同，这些确立了真实性的事件必须来自作者的亲身经历，也就是说，杜布罗夫斯基在虚构的小说文本中建立了属于自传的、由作者身份作保的真实性契约。

如何理解这个明显的内在矛盾呢？既然所有的写作材料都是真实的，虚构又从何说起？为了让他的新"发明"站得住脚，杜布罗夫斯基甚至否认了自传作为文学体裁的基础。他认为，一切由作者主观意识主导的叙事文本必然会或多或少地偏离真实，除非作者只是完全机械且随机地罗列事实，否则他的叙事只能是试图接近现实的倒影。因而在杜布罗夫斯基眼中，传统的自传无论在文学史上地位如何稳固，本质上都只能是以现实为蓝本的复制品，是一种虚构而不自知的自传体小说。也就是说，在 autofiction 的理论框架内，一旦"我"开始在文本层面上叙述事件，"我"所说的一切都应归为虚构。

在杜布罗夫斯基看来，虽然自主性，或者说主体意识，威胁到了一部自传成立的根基，却恰好成了他的体裁发明的理论精髓。前缀 auto-（意为"自我"或"自动"）便由此而来："Autofiction 是我作为作家决定以自己为对象并由自己创作的小说，它在全面的意义上融入了分析的经验，不仅在主题上，也在文本的创作中。"[1] 简而言之，autofiction 被它的创造者定义为一种围绕着作者本人展开，并完全服务于其主体性的虚构。

这种"分析的经验"在杜布罗夫斯基的文本中，表现为他作为小说主人公接受的心理治疗。这段经历不仅提供了叙事的内容，更为新体裁的独特叙事方法提供了灵感。略读一读《儿子》，你便会发现，这是一部在很大程度上建立在精神分析上的作品。也因如此，《儿子》的阅读体验实在说不上顺畅，作者在写作中仿照弗洛伊德在精神分析中使用的"自由联想法"，将读者习惯的线性结构完全打破，以断续的跳跃式叙事呼应人类碎片化的回忆机制。在整本书不过24小时的叙事时空中，作者浓缩进了自己生活中众多"严格真实"的事件：他作为文学教授在大学讲解剧作家拉辛《费德尔》中的选段，又在与心理治疗师的治疗中讲起他真实经历过的梦境（遇到了一头半鳄鱼半海龟的怪物）。于是，关于这个梦境的精神分析式解读与对拉辛文本的阐释交缠在一

---

[1]《自传 / 真实 / 心理分析》(*Autobiographie/vérité/psychanalyse*)，1980。

起，让读者通过这两重透镜而非单纯的事件叙述，去观察叙述者的生活。

整个过程仿佛一场虚与实交织的游戏，文本世界与真实世界之间的壁垒被完全打破了。我们根据被公开的杜布罗夫斯基接受采访的内容得知，所有的事件都是真实的，但构成本书的 24 小时是完全虚构的；他确实曾经梦见过海怪，却从未与心理治疗师聊起过它；故事中治疗师的话语都是真实的，但它们来自几次不同的咨询；书里所描述的学生都确有其人，但他们并没有上那堂关于拉辛的课——杜布罗夫斯基编织起了一个并不存在的叙事时空，在其中随心所欲地排布那些他从现实中借来的事件。

这部作品是如此特别，以至于一时间人们找不到可以与它共称为 autofiction 的作品。我们看到，与其他在长久的文学传统中自然生发的体裁不同，autofiction 是带着强烈的目的性被主观"发明"的。就如同许多后现代的文艺流派一样，杜布罗夫斯基掀起的是一次先扯起理论大旗再四处搜罗作品充入麾下的文学运动。自 1984 年起，他开始为有些形单影只的《儿子》寻找盟友，将 autofiction 的标签贴在一系列存世的作品上。尽管在这些作品问世时 autofiction 这一术语还不存在，但在杜布罗夫斯基看来，它们都大致符合"真实事件 + 虚构手法"的标准。在这些"入选"autofiction 的作品中，中国读者最熟知的应当是玛格丽特·杜拉斯的《情人》。这部作品的自传性质，在杜拉斯之后用第三人称改写的《中国北方的情人》的衬托下显得尤为明显。几乎完全相同的故事与类似的小说叙事，当由被称为"她"的主人公玛格丽特讲述时，便被视为自传体小说（roman autobiographique）；而当摘下第三人称的面具，"我"直面读者叙述在越南的恋爱回忆时，杜布罗夫斯基说，这就是 autofiction。

这样一来，关于叙事作品真实性的质疑又一次被摆在了争论的中心。这些被杜布罗夫斯基单方面收入 autofiction 的作品，无论是在当时还是现在，都被毫无悬念地归入了小说的类别中，因此要主张这些作品属于 autofiction，就需要证明文中原本在"小说契约"中被叙述的事件，事实上属于"严格的真实"。然而，并非所有的作者都有意图跟随杜布罗夫斯基，将整部作品建立在明确的"真实性宣言"上。毕竟，杜拉斯作为一位小说家，她的主要任务仅是写作而已，她未必希望遇到一位忠实的 autofiction 信徒，在阅读她的小说之余不停追问："你敢保证你写的内容完全是真实的吗？"

无限膨胀的"我"

杜布罗夫斯基的初衷只是为了给自己新的写作风格寻找合适的标签,既要保证叙事事件严格的真实性,又要以鲜明的小说手法区别于被他视为"重要人物之特权"的传统自传,还得在主题上发掘身份问题中深层的心理机制。随着 autofiction 作为一种新的自传体文本标签开始流行,杜布罗夫斯基与其拥护者意识到最初的定义过于狭窄,几乎只适用于他的几部特定作品。因而,他们开始尝试扩宽这一新体裁的边界。1982 年,雅克·勒卡姆去掉了其中"心理分析"的主题限制,任何叙事作品想要被视作 autofiction,只需要符合两个标准:作者-叙事者-主人公的三位一体,以及封面上标注的"小说"字样。他按照自己简化了的定义重新将一系列叙事作品划分进了 autofiction,其中最有名的当数罗兰·巴特颇具实验性的类自传作品《罗兰·巴特自述》。

这部作品的中文译名颇为严肃,容易被人误认为一部旧式的自传,但事实上,这本书完全不同于任何当时已知的自传作品。读者在这里找不到任何的传统线性叙事,这位文论界的顽童以自己的回忆为素材,用一系列类似于词典条目的短小章节、摘录和思想片段来探索自己的身份和存在。从任何角度来看，这都不是一部会被当作小说阅读的作品，正如法文原标题所表达的，这是由身为作者的罗兰·巴特塑造的一名虚构人物的传记，并且这个人物恰好也叫罗兰·巴特，他所有的经验都来自作者真实的回忆。巴特在本书的扉页明确地向读者提出要求："这一切都应当被视作一个虚构人物之言。"正是这句旗帜鲜明的"虚构性宣言"，让勒卡姆把这部颇有些奇怪的作品当作autofiction的代表。

由此我们发现，无论是杜布罗夫斯基极其苛刻的自我精神分析，还是勒卡姆略微宽松些的真实性小说，任何形式下的autofiction都天然带有十分强烈的自我探究倾向，并且以作者自身的存在为绝对中心。渐渐地，在autofiction的文本世界中，作者的权力得到了空前扩张，他不仅可以像传统的自传者那样随心所欲地拣选并调整作为写作材料的事件（卢梭《忏悔录》），还获得了自传者无论如何也不敢觊觎的、专属于小说作者的改造时空的能力：他可以彻底打乱自己人生的时间线，将发生在不同时期的事件在一个虚构的24小时内重新排列组合（杜布罗夫斯基《儿子》），甚至将回忆中其他真实存在的人物纳入叙述，借用与他者的存在的交互来揭示"我"所认为的真实（菲利普·索莱尔斯《女人们》）。在20世纪末的一些autofiction代表作中，作者的自我意识空前膨胀，近乎达到了自恋的地步。

1989年，杜布罗夫斯基又出版了一本标注为autofiction的作品，题为《破碎之书》。一开始，作者只是想在世纪末出版一部个人日记，却因其中包含了太多关于前妻的情节而引起了现任妻子的不满。于是在后者的要求下，作者决定毫不保留地记叙与现任的婚姻生活。其中包含了连续几页没有标点的家庭争斗描写，夫妻间恶语相向，一切向读者暴露无遗：妻子的酗酒、丈夫的性无能、家暴、流产，海啸一般涌出书页将读者淹没。这是一种纯粹的自我暴露，完美地符合autofiction对写作材料"完全真实"的要求。在《破碎之书》的真实性契约中，杜布罗夫斯基向读者交付了极端的真诚，但应当注意，这种真诚遵从的仅仅是作者的意愿，叙事的另一个客体，也就是他年轻的妻子对这种近乎暴力的写作毫无还手之力。每完成一章，杜布罗夫斯基便会拿给妻子阅读，而妻子只能任由丈夫将二人的隐私抛向公众，被动地接受审判。虽然每件事都属于无可辩驳的真实，但这种真实在经过了丈夫的文笔加工后，成了他在文本世界拥有绝对独裁权的象征。

最终，妻子选择了自杀，而杜布罗夫斯基在震惊之余，决定将妻子的死亡写进最后一章，作为这部autofiction的终点。这是一本暴力之书,被一种极端失衡的权力结构所统治。在整个写作行为中,妻子被剥夺了一切话语权。年长的丈夫曾是她的教授,如今更是她的叙述者,而叙述者对叙述客体的权力是绝对的,绝对的权力更是直接导致了不受束缚的叙事暴力。作为作者的杜布罗夫斯基当然在写作过程中意识到了妻子的痛苦,但他没有选择停止,甚至在妻子身亡后把这起悲剧也转化成了自己作品的最重要的一部分,并通过出版暴露在所有人面前。

由此也引发了关于 autofiction 的伦理讨论。杜布罗夫斯基的表兄弟马克·维泽曼便曾猛烈地批评《破碎之书》的残忍,他将杜布罗夫斯基斥为"篡改的自传与暴露癖之王",控诉他"仅仅为了完成自己的文学创作",便对一个相较于他无论在生理还是心理上都更脆弱的人——他的妻子——进行"操控,利用,折磨直至其死亡"。人们投向 autofiction 的质疑中加入了道德的维度:当叙事中的行为事件不再有虚构的第三人称做掩护,而直接归于真实存在的人时,作者是否还有权力在写作中坚持绝对的真实?不是所有读者都能像杜布罗夫斯基一样把妻子简化成一个符号化的叙事客体,因为这会剥夺她作为一个人的权利。正如在本文开头的例子中,我们之所以能从那些可怕的遭遇中获得"阅读乐趣",是因为那只是一个虚构人物经历的小说情节,但我们无法接受任何一个真实的人经受那些非人的暴力。

属于时代的文体

时至今日,我们会惊叹 autofiction 赋予作者的权力之大,几乎达到了令人惊恐的程度。然而,若将视角转向 20 世纪末的历史背景,便会发现这一现象完全符合当时的思想潮流。回顾 20 世纪 70 年代末期,西方文学界正逐渐摆脱形式化的结构主义束缚,许多作家开始质疑结构至上的宏大叙事模式,认为它几乎淹没了任何个人表达的可能。人们开始重新审视在 20 世纪六七十年代被边缘化的个人叙事,并专注于描绘内心世界与个人经验,从具体的人出发观察世界。结构消隐后,"主体的回归"已是大势所趋,autofiction 也随着这股潮流,成了 20 世纪末 21 世纪初被讨论得最热烈的文学体裁之一。

根据杜布罗夫斯基的主张,autofiction 从自传这一"仅仅属于重要人物之特权"处夺回了话语权,让每一个平凡的个人都有了以第一人称叙述自身的可能。但我们看到,在其发展过程中,标志着"叙事民主化"的 autofiction 却渐渐表现出了某种后现代的自恋主义。当居伊·德波将景观社会归咎于图像和消费品的泛滥时，一部分 autofiction 的作者开始在文本层面上向公共领域抛售个人隐私。事实上，能让我们从理论角度区分 autofiction 与传统自传体小说的，正是这种不加节制的隐私暴露。自传体小说无论在内容上多么真实，也总是在试图用虚构的人物隐藏作者的身份；而 autofiction 之所以流行，正是因为它反其道而行之，直接将作者身份曝光在公众面前。也因此，一些 autofiction 作品表现出了粗俗化的倾向。

然而，并非所有作者都有意愿或胆量在作品中秉承杜布罗夫斯基式的绝对的坦诚，于是 autofiction 在保留人物与作者同名的标准之余，也渐渐开始朝着虚构的方向发展。早在 autofiction 诞生初期，自传研究的权威菲利普·勒热纳就几乎完全否定了该序列的奠基之作《儿子》的创新之处，将它划分为传统的自传体小说。在他看来，这部看似新巧的作品仅仅是又一部脱胎于新小说（nouveau roman）的类自传叙事，它的存在只是让自传体小说的边界更加模糊了而已。在他看来，真正能填补他理论空白的 autofiction，应当是那些戴着自传面具，实际上"欺骗"读者的纯虚构小说。文论家热拉尔·热奈特也支持这一理论，认为真正的

autofiction应该属于纯虚构的范畴,他甚至将杜布罗夫斯基所设想的由真实事件构成的虚构斥为"假的autofiction",不过是一种"可耻的自传"而已。

自20世纪80年代杜布罗夫斯基"发明"autofiction以来,在文学界不间断的讨论中,这一"人工"体裁已经大致衍生出三种定义,它们虽然都围绕着与作者同名的第一人称叙述者"我"展开,却几乎可以被看作三种不同的体裁:

- 自小说——符合杜布罗夫斯基最原初的定义,作者可以对自己经历过的真实事件进行拣选、编辑、调换,用小说的形式书写自传。代表作家包括杜布罗夫斯基、玛格丽特·杜拉斯、让·热内、科莱特。
- 自虚构——作者将自己投射进完全虚构的叙事空间,所经历的事件一般不会在现实世界发生,且该作品会被读者作为虚构小说阅读。其代表作的出现远远早于定义本身,如但丁的《神曲》。
- 自叙述——作者完全放弃线性叙事,用一种自画像般的混合文体塑造自己。比起小说或自传,这类作品更像拼贴画。罗兰·巴特的《罗兰·巴特自述》便是这类作品的完美代表,另外,许多评论者也将安妮·埃尔诺的《悠悠岁月》归入这个范畴。

如今的"自虚构"几乎成了一个流行词,甚至已经有了被滥用的趋势。每当人们发现某篇叙事作品中有人物与作者同名时,便立即迫不及待地将它划进 autofiction 的范畴。而每一部被纳入其中的作品,都在它的边界上拓展出新的空间。但无论 autofiction 如何演变,无论其阅读契约倾向于自传性还是小说性,其本质始终不变:在自我叙事中,作者总会或多或少地融入虚构的元素。这种形式的核心在于,它既不完全是对事实的直接陈述,也不是纯粹的虚构创作,而是根据作者所需,在这两者之间达到的一个微妙的平衡点。重要的也许不是"我"真正的样子,而是作者希望大众看到的"我"的样子。所有围绕着"我"发生的事件,所有在"我"的记忆中保留下来的"真实",甚至包括"我"的存在本身,都是自我虚构的原料,供作者去创造另一种文本世界的真实。

从这个角度来看,我们似乎能将一些名正言顺的传统自传作品视为真正的 autofiction,它们邀请读者相信其叙述者的真诚,签署了"自传契约",却在文本之下暗度陈仓,交付的是作者修改过的"真实"。一切都取决于作者的意图,通过自传,读者只能了解到作者希望被了解的自己,一种被编辑的现实,一个被塑造的人物。这种情况并不罕见,正如卢梭在《忏悔录》中避重就轻，我们熟悉的沈从文也懂得如何用自传为自己树立"人设"。尽管在《从文自传》中，作者声明书中所写的都是自己早年"真真实实所受的人生教育"，但稍加考证便不难发现，书中写的与他真实的早年生活有许多不符之处。如果说一位在生命末期写作自传的老人希望通过叙事总结自己的一生，那么在三十岁出头就写成自传的沈从文，或许是想在辗转北京、上海、武汉等都市且尚未获得大成就之时，通过一部略带虚构色彩的自传，树立起一个理想化的"乡下人"身份，以求在当时大家林立的文坛获得属于自己的独特位置。

也正是因为这一似乎无法避免的虚构性，2022年诺贝尔文学奖得主安妮·埃尔诺曾经多次在采访和文章中明确地拒绝评论界加在她诸多作品上的autofiction标签。她曾经颇有些抱怨地把autofiction比作"不成形的怪物"，蛮横地囊括了众多大相径庭的叙事体裁。在她看来，杜布罗夫斯基所定义的"以严格真实事件为基础的虚构文本"已经成了自传体小说的一个更时髦的别名，因而总是笼罩在"虚构"的阴影中。"我的作品在任何意义上都不属于autofiction，我的写作从来不掺杂任何一丝虚构。"在她看来，autofiction对所谓真实事件顺序的对调、细节的修整、源头的篡改，无一不浸透了源自作者主观性的虚构。"我的写作中,重要的是对真实的探寻。而一旦开始想着去'安排'事件,整个设想就彻底改变了。"

另一方面,文本中作者个人身份的膨胀,也让埃尔诺无法接受 autofiction 的标签。曾经的类自传写作,尤其是自传体小说,总是极力模仿小说的虚构形式,成为作者用以遮蔽真实身份的面具;而如今的 autofiction 则正相反,它不仅将作者的个体性展露无遗,更将其放置在聚光灯下,使其成为叙事的绝对中心。埃尔诺并不赞同这种近乎自恋的、完全沉浸在自我中的写作,在她已出版的二十来部类自传作品中,那些个人到几乎可称私密的回忆总是与他者的存在交织在一起。"不要只望向自我的内部,那里面空无一物。"她写作的重心从来不是自己作为个体的存在,"我们只能通过与事物、他者,乃至整个外部世界的关系去把握自身"。她总是在写自己的生活,却同时希望超越自传式的"我"的边界,在个人经历的棱镜中寻求集体存在的意义。于是,透过一个法国普通小城女孩的生活叙事,我们在《一个男人的位置》中读到的是"二战"后法国社会逐渐增大的阶级差异,在《一个女孩的记忆》中见证了 20 世纪后期女性运动的反抗史,她负担的真实绝不仅仅是个人的,而是属于她的家庭、她的阶级，乃至整个社会的。因而拒绝一切虚构的可能，竭尽全力地书写集体的真实，是她参与政治、为下层阶级发声的唯一途径。这种写作方式在 2008 年出版的《悠悠岁月》中彻底成形，在这部摒弃宏大叙事、完全由碎片化的个人回忆所构成的 60 年编年史中，属于个人的"我"被承载着集体记忆的第三人称"on"（法语特有的泛指人称代词，常用来指"人们"或"我们"）取代，历史大事与具体人物都在岁月流逝中隐入面目模糊的集体群像，强调个人性的精神分析式描写更是被完全抛弃，清晰的只有构成日常生活的琐屑细节：住房、食物、服装、日用品、音乐、言语。好像一场现成品的展览，在旧日回忆稀薄的大气中飘浮。这是一次本质上"反 autofiction"的类自传写作，埃尔诺将构成这个"怪兽"的两大要素逐一消解，一面打散了"auto"主体性的轮廓，一面在文本中消除一切虚构的可能，无论是内容的还是形式的。

有趣的是，想要摘掉加在其作品上的 autofiction 标签，埃尔诺面临着与当年杜布罗夫斯基如出一辙的需求：给自己的文学"发明"寻找一个从未出现过的新名字。这一次，为了强调自传写作中的集体性，她将自己的作品定义为"社会性自传"（auto-socio-biographie）或"无人称自传"(autobiographie impersonnelle)。然而细想之下，这两个颇有些唬人的术语并非毫无先例，早在杜布罗夫斯基发明 autofiction 的三十多年前，未受过西方文论教育的萧红就已写出了群像塑造与自传写作相结合的《呼兰河传》。在这部被划归为自传体小说的作品中，萧红从自己童年的个人回忆出发，通过叙说祖父、有二伯、小团圆媳妇这些在大历史叙事中销声匿迹的人物故事，描绘出 20 世纪二三十年代中国北方社会的风貌。在 1983 年出版的《一个男人的位置》中，埃尔诺曾以作者的口吻剖白，自己写作的重心并非任何个体的生命，而是寓于个人身份中的集体性，一种"我也曾共有过的存在"；而在 20 世纪 40 年代，萧红以与埃尔诺近乎如出一辙的方式，将回忆中众多人物的命运故事糅进以个人存在为基础的自传体写作中，为呼兰河小镇所代表的历史共同体写下了一部无比生动的传记。

与小说或自传等传统体裁不同，autofiction 是作为一种旗帜或标签先于具体作品被刻意"发明"的，无论人们对这种反传统的倒置持何种态度，都无法否认新体裁本身的文学价值。它的诞生印证了 20 世纪中期以降文学领域内一个具有十足后现代特征的现象：文学批评不再只是服务于文学创作的附加活动，它完全有能力直接影响甚至指引文学创造力的发展方向。所有关于 autofiction 的争论，本质上都是人们对作者责任、作品伦理乃至文学作品的现实意义等一系列问题的探讨，这些声音在文学作品的"真"与"假"之间固若金汤的边界上撕开了一条裂隙，在原本非此即彼的二元对立中引入了无尽的可能。我们无意也无法判断这些对待真实与虚构的不同态度孰对孰错，它们的价值完全取决于作者的意图与读者的判断。事实上，所有针对 autofiction 的讨论，无论是支持还是批评，都在为一个尚未完全定型的文学体裁描画出更清晰的轮廓。autofiction 自诞生起，就从未停止在真实和虚构的边界徘徊，如果说小说是当之无愧的代表虚构世界的体裁，那么自传理应是现实世界最忠实的守护者。而当作为自传基础的真实性在我们的时代开始被怀疑、受到侵蚀时，autofiction 在未来是取代自传，与小说分庭抗礼，为我们捍卫最后的真实，还是最终没入虚构的海洋，我们拭目以待。

何以为人

钟与章 / 文

对拥有诸多想象的角色的诗人来说,艺术的目的既不是揭示自我,也不是掩盖自我,而是转化自我。[1]

——理查德·齐尼思

1

20世纪初,美国女大学生流行读亨利·詹姆斯的小说。除了陶冶性情、开阔眼界,詹姆斯小说里的主人公(多为女性)也成为年轻女性效法的榜样。从社交礼仪到遣词谈吐,她们无不学习模仿。詹姆斯本人也因此成为各种演说讲座的

---

1 《佩索阿:一部传记》(*Pessoa: A Biography*),2021。

座上宾，身体力行地用文学改良大众的见识和情操。谈及此事，T.S. 艾略特对詹姆斯的迎合颇有微词。小说被当作淑女手册是大众趣味的局限，小说家主动迎合便有点文学失格的意味。弗吉尼亚·伍尔夫认为，对教化的沉迷正是中等趣味的特质，人们总想让自己变得更明智、更有文化、更幸福，却既不追求高等趣味属意的理念（idea），也对低等趣味耽溺地活着（living）本身没什么热情。她更是效仿当时盛行的"自助"（self-help）手册的风格写了一篇标题为《人应该如何读书？》的文章，讽刺说"事实上，关于阅读，一个人需要给另一个人唯一的建议就是，不要听取任何建议"。

然而，时至今日，依然有许多人和阿兰·德波顿一样，相信阅读普鲁斯特能够拯救自己的人生，相信文学愿景能够为生活赋形。按照本雅明的说法，人类古老而漫长的故事传统传递的其实不是审美体验，而是能够温暖人生的实践智慧。从文学中寻找人生的指引和存在的慰藉，是我们阅读的朴素而正当的追求，并不像现代派作家批评的那么不堪。

当文学功用的争论发生在个体身上，往往体现为一种隐性的分裂。一方面，我们秉持"为艺术而艺术"的理念，相信文学应该是纯粹的艺术探索。至于道德教化和实践智慧，人们可以向公共哲学、疗愈文化和积极心理学寻求指引。但另一方面,"这本书改变了我的人生"依然是我们能想到的对一本书的最高褒奖。

这种分裂在大卫·福斯特·华莱士身上尤为明显。华莱士在小说里的声音疏离而晦涩,总是把他的道德判断藏在层层叠叠的反讽背后,而他在散文、评论、采访以及演讲中分享人生感悟时,却很少有道德包袱,也不回避煽情。"真正重要的自由包含关注、觉知和纪律,以及能够真实地关心他人,每天以无数琐碎且不性感的方式一再地为他们牺牲",华莱士在风靡一时的毕业致辞《生命中最简单又最困难的事》("This Is Water")中的呼吁有如自助畅销书的金句。

其实,早在1990年,华莱士就在长文《合一为众:电视和美国小说》("E Unibus Pluram: Television and U.S. Fiction")里憧憬了美国小说的新可能。他认为,新一代的写作者应该以饱含敬意和信仰的姿态,应对那些被华莱士自己这一代回避的话题,即美国生活中那些普通、陈旧、不时兴的人类烦恼和情感,而不害怕显得多愁善感或者过度真诚。热衷于哲学的华莱士对"人应该怎么活"自然有自己的见解,只不过和文坛好友乔纳森·弗兰岑不同,他担心在小说里处理这个问题会沦为道德教化的传声筒。这说明,华莱士试图找寻一种兼顾审美追求和自助需要的新小说,虽然他后来的努力并不成功。

近二十年后,华莱士撒手人寰,弗兰岑被菲利普·罗斯钦点为"伟大的美国小说"传统在21世纪的继承人。当我们以为华莱士未竟的夙愿就要被时代遗忘的时候,一种被称为"自小说"(autofiction)的文学门类悄然兴起。这种倚重真实经历同时杂糅虚构故事,叙事散文化,叙事声音常常为第一人称且和作者同名的创作体裁,成为过去十几年的文学新风尚。

自小说深谙读者对自助的需求,完全不避讳展现作者在人生大哉问面前的苦闷、脆弱,甚至愚蠢、偏激。本·勒纳的《离开阿托查车站》(*Leaving the Atocha Station*)和《我的心是一块将熄的炭火》关乎"如何变得本真(authentic)",蕾切尔·卡斯克的《一个知识女性的思考系列》关乎"女作家离婚后如何重建生活",泰茹·科尔的《开放城市》(*Open City*)关乎"恐袭后如何哀悼",埃里芙·巴图曼的《白痴》(*The Idiot*)和《非此即彼》(*Either/Or*)关乎"如何在哈佛做一名文学系学生",就连卡尔·奥韦·克瑙斯高看似难以概括的《我的奋斗》六卷本也被书商巧妙地总结为"如何在当代像普鲁斯特一样追忆过去"。

正如其矛盾修辞法一般的英文名所暗示的那样,自小说将自传（autobiography）的写实和小说（fiction）的虚构编织在一起，真实与虚构边界的模糊便成为自小说的独特魅力。这使得自小说既容易和读者拉近关系，便于它传达作者关于人生问题的思考，又能够让读者时刻对这份亲密感保持审慎怀疑，反思其对作者的认同甚至自助本身的合理性。和纯粹的自传不同，自小说并不承诺叙述的可靠性，它关于自助的所有言说的可信度也不牢固，一切都需要读者亲自分辨和斟酌。希拉·海蒂2010年出版的小说《何以为人？》（*How Should a Person Be?*）在这方面进行了富于洞见的尝试。

2

在第一部现代主义风格的长篇小说失利以后，海蒂开始了写作实验。日常生活中，海蒂不仅是心理自助书籍的忠实读者，还对"自助"这个概念格外着迷，能够敏锐地在小说、传记、书信、艺术理论等五花八门的书籍中读出自助的意味。在海蒂的眼中，一切文学都有潜在的"隐秘自助"的一面。之所以是隐秘而非大张旗鼓，是因为海蒂深知，在当代文学的小圈子里，人们更乐于孤立地谈论一个作品的意涵，忌讳谈及它如何帮助读者熬过人生中大大小小的与情感、信仰、存在有关的危机。"文学的用处"听上去有些功利主义，不时髦不说，还无法为艺术作品独立的、非实用的地位提供辩护。海蒂希望在创作中回应这一偏见，在某种程度上这促成了《何以为人？》这部小说的诞生。

实事求是地讲，选择"何以为人"这样宏大到空洞的问题作为小说标题，本身就充满风险。阅读品位刁钻的读者会很快识破作者在不同门类的边界试探的意图，讥为雕虫小技，恐怕连书都不会翻开。而惯于在文学中寻找人生慰藉的读者，以为有现成的小说特效药可以摄取，读到目录里诸如"什么是背叛""什么是命运""什么是共情""什么是爱""成为成年人是多么美好的体验"一类的章节标题更是让他们的期待达到峰值。可当他们像查阅自助手册一样，直接跳到感兴趣的章节开始阅读时，却发现等待他们的只有平淡的情节和模糊的人物、大量随意的对话，以及措辞偶尔乖张得无知的自白和抒情。它既不是心理自助手册，又偏离经典小说的样式，难怪不少读者会大呼上当受骗。

这些反馈正好符合海蒂的创作预期。《何以为人？》虽然披了一张心理自助的皮，但它的内里依然是小说，记述了与作者同名的主人公剧作家希拉和一群年轻的艺术家朋友在多伦多的琐碎日常，在几个月的时间里，希拉经历了婚变、朋友反目、自我放逐及最后接受自己的心灵奥德赛。这决定了任何一场对自我的反思、任何一次与他人的对话，都需要放到这个叙事网络中才能显现它最丰富的意义。所以，正是小说叙事对完整性的要求，谢绝了读者像对待心理自助手册的词条一样对这本书进行碎片化的窥探。

但这并不意味着"自助"概念在小说中是一具空壳。和作者一样，希拉是自助书籍的读者，更重要的是，在小说开篇，作者交代了希拉为何如此执迷于"何以为人"这个问题。她在生活中习惯于向所有她认为杰出的人学习，把他们当作人生榜样，仿佛她的一生纯粹为了自我完善而活。"何以为人"，小说针对这个问题不断给出答案，否定答案，再给出新答案，这既是驱使希拉寻求不同人生际遇的内在动机，又是推进小说叙事向前的势能。

然而，希拉寻找答案的过程有时显得不够严肃。比如，从朋友到理发师再到心理咨询师，她频繁更换学习和模仿的对象，却始终没有找到真正属于自己的路径。又比如，她一心想成为伟大的艺术家，却向一本名为《重要的艺术家》的传记求助。读完她发现，书中提到的一百多个艺术家有三十个来自纽约，而来自她所在的多伦多的则一个也没有，于是她立马决定从多伦多搬去曼哈顿，最后自然是无功而返。另外，海蒂有意选择的口语风格的语言，很容易让读者觉得希拉根本没有慎重对待她的人生选择。事实上，直到小说结束，希拉态度上的随意甚至敷衍与"何以为人"这个问题的严肃之间形成的张力依然没有消失。《何以为人？》出版后遭遇了诸多质疑，许多读者直接把海蒂与她塑造的角色等同，认为她就是一个面对人生重大问题不负责任的人。为了和小说里虚构的声音划清界限，海蒂不得不在《伦敦书评》等权威平台上发表严肃书评，重新塑造自己真实的声音。

希拉无法完成一个关于女性的剧本，为了找到原因，便开始录制和抄写自己和好友玛戈的对话，这也成为她为数不多坚持下来的事情。身为女性，却不知道如何完成关于女性的剧本，希拉的困惑还有更深一层的隐喻。希拉发现，和男性相比，无论艺术创作还是人生实践，女性都缺少效法的榜样，所以很多时候她们会产生更多的迷惘，需要进行更多的探索。比如，希拉十几岁的时候，男友诅咒她将度过悲惨且屈辱的一生。在后来的人生中，希拉就像俄狄浦斯王，越试图逃离诅咒，越是一步步把预言落实成"自毁"的人生脚本。随着希拉和玛戈的对话增多，小说在形式上逐渐向剧本靠拢，对话也成为希拉自我改变的契机。希拉自己也意识到，比起写作剧本，她更愿意研究自己和玛戈对话的文稿，以期从中找出现实拥有而她的剧本欠缺的东西。而且在她眼中，如何写剧本与如何做人是一回事，找到一个问题的答案，另一个问题也会迎刃而解。艺术与人生就这样交织在一起。只有以这样的方式，希拉才能摆脱前男友在她的人生中埋下的脚本。

希拉发现，每个时代都有它自己独特的艺术形式，比如小说是19世纪的艺术形式。至于在她所处的时代，希拉找到的新形式就是对话。评论家詹姆斯·伍德曾就此给出忠告：不要过度沉迷于对现实的记录，因为再翔实的底稿和脚本都无法完全呈现生活本身的变动不居。然而，这或许是对海蒂的误读，她的目的不是为了呈现真实的生活，小说中的对话也不是所谓"真实对话"的逐字稿。海蒂呈现的是经过提炼的对话，更是理想中的对话。这种你来我往的言语交锋很容易让人联想到《柏拉图对话录》，后者同样试图通过谈话接近恒久困惑人类的难题。或许和柏拉图书写苏格拉底与众人的谈话一样，我们应该意识到，海蒂放在小说中的大量对话是她细心取舍和精心编织的结果。

这解释了为什么身边的朋友总能就希拉的困惑给出切中肯綮的解答。在一次交谈中，好友米沙指出，希拉面临的创作障碍的根源在于如果没有既定的路径可以沿袭，她就不敢犯错。然而艺术创作的核心在于即兴（improv），也就是给意外预留空间，容许自己犯错。

即兴是真正的对话得以展开的关键，它既是一种美学，也是一种伦理。米沙说，因循守旧是一种欺骗，对艺术家的创作和人生都极其有害。按照即兴的要求，人们应该摒弃现成的知识，创造新的规范。这无疑从根本上否定了希拉"模仿人生榜样"的合理性。模仿的美学本质是复制，在伦理层面也饱受质疑。因为玛戈发现了她们对话的文稿，她和希拉的友谊一度破裂，她担心希拉只是把她当作自我提升的工具，而没有看见她作为人的价值。而真正的对话仰赖的是参与者的即兴，由于对方的不可控，没有既定的模板可以参考，反馈都是全新的、真实的。换句话说，通过对话，人物逐步塑造了崭新的自己。而且，这种塑造是双向的：一方面，希拉用即兴替代模仿，在对话中意识到玛戈无可取代的价值；另一方面，通过对话，玛戈也感受到希拉对她的关切。对话既是希拉和玛戈蜕变的记录，也是她们友谊的见证。

海蒂在采访中说过，她自己不是一个敏锐的观察者，所以她的小说里通常没有太多细节描述。相比之下，她对小说的结构更感兴趣。对话是《何以为人？》这部小说最明显的局部结构;小说用几幕、几场来划分章节,整体上借鉴了戏剧的结构。按照对话的逻辑,小说结尾理应交代"何以为人"这个问题的终极答案,然而,我们等来的却是戏剧意义上的反高潮。

由于没有在"丑画比赛"中决出赢家,玛戈和肖洛姆决定用壁球一决胜负,希拉、米希亚和乔恩在旁观战。比赛进行半个小时以后,观众席的三位发现自己并不知道比赛的比分,索性更加专注地观看比赛,听玛戈和肖洛姆在球场上大笑。两人叫喊和咒骂:"我恨死这该死的游戏了!"最后乔恩说:"我感觉他们甚至都不知道规则。他们只是把球打来打去而已。"

不知道规则却依旧继续下去的壁球比赛何尝不是人生的隐喻?表面上是对壁球游戏的消解,实际上却是新游戏的生成。这是玛戈和肖洛姆临时创造的游戏,所以是即兴的游戏。在场所有人后来心领神会,积极地参与其中,因为它也是友谊的游戏。海蒂给这一部分取的小标题叫《神明们》("The Gods")。通过即兴,希拉和朋友们不但创造了新的游戏、新的规则,还创造了新的世界。即便只是和朋友们共享的小小世界,在其中也依然享有自足和尊严。

3

自小说作为新的写作类型的合理性一直受到挑战。无论从写作传统（脱胎于历史悠久的自传小说 [autobiogra-phical novel]）来看，还是从概念（源自 20 世纪 70 年代的法国）来讲，自小说都算不上新，难怪很多评论家认为，"自小说"不过是书商为了营销而炮制的抓人眼球的标签。除了形式上的故弄玄虚，自小说面临的最严峻的指控与它的内容有关。一种代表性批评是，自小说的流行让新生代的创作陷入了"自我的陷阱"。一方面，自小说过度关注主人公内心的感受和思考，以至于从小说主人公到作者都陷入了唯我论，对他人和更大的世界缺乏有深度的探索，他们表现出不同程度的狭隘和自恋。另一方面，自小说的主人公虽然不乏自省，但当他们变得真诚自洽以后，他们的觉醒就停止了，并没有转化成连接外部世界的切实行动和成长，这使得自小说主人公的自省变成了一种低风险的自我逃避和自我欺骗。

关于自恋的批评，我觉得它更适用于和自小说在差不多时间流行的另一种风潮：私人随笔（personal essay）。兴起于博客时代，私人随笔以作者自曝其短（众叛亲离的秘密、离经叛道的行为）为卖点，辅以文章结尾痛彻心扉的悔悟，满足了读者的窥私癖和疗愈强迫症。在无止境地制造话题、引发争议的过程中，写作者病态的自恋作为人性的奇观，成为私人随笔的标志。作为自我书写的一种，自小说难免在视角与内容上和私人随笔重叠，再加上一些自小说作者也创作私人随笔——华裔作家林韬就是这方面的翘楚，更有甚者如克瑙斯高《我的奋斗》引发了伦理争议和法律纠纷，使人们更容易把二者混为一谈。

但是，《何以为人？》并不以个人隐私为卖点。它既没有惊世骇俗的经历，也没有不能提及的秘密。海蒂在小说中的语言虽然如同谈话一样平实而随意，却不与八卦闲话在同一水准。毒舌书评人劳伦·奥伊勒坦言，她写的自小说《假账号》(*Fake Accounts*)是她在社交媒体上塑造的人格的延伸，所以她在小说中的爆料适合与她的推特和评论文章交叉阅读。海蒂写的不是这样的小说。即使你在读之前对海蒂的现实生活一无所知，这也不会影响你的阅读体验。正如扎迪·史密斯所言，自小说中的第一人称叙述者更多的是作者为了拉近与读者的距离而采取的"叙事手段"(device)。至于小说中谈及的经验哪些是真实的、哪些是杜撰的，读者不需要知情，辨别真假便成为阅读的一大乐趣。在辨别的过程中，由第一人称叙事营造的亲密感也变得若即若离。

更值得注意的是，在海蒂小说的结尾，主人公与唯我论渐行渐远。即兴对话既要求希拉抛却旧我、创造新我，还要求她把更多的注意力投向对方。我们发现，即兴对话要求人们付出注意力去关注自我之外的对象，从而实现对自我关切的抑制。这个过程与西蒙娜·薇依提出的"非我"（unselfing）实践极为相似：由于薇依关注的对象是上帝，所以她的"非我"的目的是彻底的自我奉献，甚至自我取消；而希拉关注的对象是她的朋友，所以她的"非我"是世俗的"非我"，目的是朋友之间的相互成就。

谈及成长，读者之所以对自小说的主人公有期待，是因为很多自小说同时也是成长小说（Bildungsroman）。主人公在言行举止、人格信仰、人生处境等方面明显的变化（通常是好的变化）则是成长小说招徕读者的一贯法宝，改头换面的小说主人公自然成为读者效法的榜样、生活的向导，是他们应对来自生活的挑战时可靠的求助对象。《何以为人？》不仅是成长小说，还是艺术家成长小说（Künstlerroman），读者有理由期待小说的主人公既实现人格的成长，又收获艺术的成熟。然而，乍看之下，成果寥寥：希拉没有写完剧本，而她真正完成的又显得有些普通——掌握了即兴对话的技艺。即便我们把希拉从"唯我论"到"非我"的转变纳人考量，这个过程也和读者对"成就"的期待有些出入。

或许读者期待读到帕蒂·史密斯在《只是孩子》中呈现的那种自我实现的都市传奇。史密斯和梅普尔索普后来都如愿成为世界级的艺术家，所以他们此前的所有经历（无论多么不堪）在回忆的柔光里都具有了传奇色彩。但是，这种"事后评估"很容易将个人经历过度合理化，这使得自我神化成为许多自传书写的通病。在这一方面，海蒂的态度则要坦然许多。小说最后，希拉和朋友们没有成为"重要的艺术家"，他们的小圈子也远不能和20世纪70年代的纽约艺术家们相比。因为这种平庸其实是绝大多数人的归宿。某天，希拉终于迎来艺术和人生的觉醒，回顾此前无疾而终的尝试，她依然觉得它们一无是处，但她新生的前提是接受了自己的人生由一无是处的尝试组成。希拉毫无自我美化的觉悟，反而令人欣赏。

而且，如果我们换个角度就会发现，小说中希拉最大的成就其实是内心的变化：她获得了新的看待自我和世界的方式。在新方式的影响下，她把自己的生活当作艺术，而我们读的小说正是她艺术创作的成果。传统的成长小说里，"成长"是过去式，叙事是对已经完成的变化的回顾和再现。作为成长小说的自小说突破了这一传统，"成长"是现在进行式，叙事既是对变化的记录，也是变化本身。《何以为人？》其实是一部哲理小说，向读者展示了一种独特的"成为"（becoming）的伦理和"交互"的美学。因为在理想的情形中，读者通过阅读参与其中，也能收获属于自己的变化。正如海蒂在采访中说的，她理想中的小说应该像理查德·塞拉的装置艺术一样，人们可以走进去，甚至住在里面，靠自己去感受和思考。这样一来，读者获得的理解就不是作者单向的赠予，而是他们和作者的共同经历。

4

完成《我的奋斗》后，克瑙斯高在《纽约客》专访中高调宣称，"文学的责任就在于对抗虚构（fight fiction）"，因为虚构会阻碍我们进入"如其所是的世界"（the world as it is）。克瑙斯高不遗余力地贬低虚构、褒扬现实，很容易让人联想到大卫·希尔兹，后者在著名的《现实渴望》（*Reality Hunger*）一书中说过，自己的全部阅读乐趣在于现实带来的直接而不隐晦的智慧。在希尔兹看来，即便是现实主义小说，对现实的捕捉也是失真的，对生活智慧的传递也是遮掩的。所以，要充分满足我们普遍的现实渴望，就不该再依赖小说这种有限的形式，而应该毫无保留地拥抱非虚构的各类写作实验。

在克瑙斯高的创作观中，现实也是真理和智慧的唯一来源。如果自小说是一端叫作"auto"而另一端叫作"fiction"的天平，克瑙斯高显然更偏向"auto"代表的现实一端。如果读者想从克瑙斯高那里获得何以为人的启迪，那么他们只需要关注现实。就这么简单，令人心安。仿佛我们作为人活着所需要的全部真理和智慧都被放在了一个盒子里，只等我们去发现。至于虚构的生活，因为无法给我们提供真理和智慧而变得毫无价值，甚至有害。帕特里夏·洛克伍德2021年入围布克奖决选名单的自小说《没有人谈及此事》（*No One Is Talking About This*）的内核与克瑙斯高的理念高度一致。这部小说前半部分通过碎片化的语言拼贴再现了女主人公被网络和社交媒体裹挟的生活。小说后半部分，由于发生在亲戚家的婴儿身上的一场意外，女主人公才从异化的网络中彻底退出，重新在现实生活中感受到活着的实感。现实生活应该永远高于虚拟生活，洛克伍德的价值取向合乎大多数人的期待，无可辩驳。

信任和依赖现实的前提是能够清楚地辨明什么是虚构，什么是现实。克瑙斯高笃信现实的潜台词是他对自己能辨别现实、抵达现实充满信心。然而，在我们身处的后真相时代，追求真相是一回事，相信自己总能抵达真相则是另一回事。在这方面，克瑙斯高透露出了不合时宜的乐观。相较之下，海蒂的写作更多地基于自我怀疑，尤其是对自我把握世界的能力的怀疑。所以，她显得更加包容：除了现实，虚构也可以是真理和智慧的来源。

海蒂在《何以为人？》的第四幕和第五幕之间安排了一场幕间戏。希拉在离婚半年后，在剧院幕间休息时偶遇前夫。他们端着酒水，轻松地交谈着。希拉问前夫，你觉得到底是什么迫使我们讲述关于我们真实人生的故事，而这些故事和我们切实的生活有着随意的相似性。前夫回答说，或许是进化的结果。考虑到我们是如此渺小，根本无力躲避生活中的苦难，如果我们实事求是地看待这一切，或许我们会失去活下去的兴趣。希拉却说："或许因为真理弥散（diffuse）在我们周围，我们的心灵甚至不能抓住它。"

对海蒂而言，真理是无法完全把握的对象，所以我们对真理的捕捉有时会显得片面甚至扭曲。普遍存在的谬误或许加剧了希尔兹对现实的迷恋，却让海蒂意识到了虚构的不可或缺。然而，虚构的存在不是为了填补残缺的真理留下的空隙。当我们在真实人生中编织故事的时候，虚构才是我们的心灵唯一能够完全把握的东西，是真理和智慧的重要来源。

莱昂内尔·特里林认为，好的小说具备"道德现实主义"（moral realism）的美学特质，"它不是对道德本身的觉知，而是对道德生活中矛盾、悖论与危险的认识"。这要求创作者不断地拷问成规教条，有勇气深入道德生活错综复杂的矛盾和代价，从而承担起一个现代人面对何以为人的困境和挑战时思考的责任。按照特里林的理解，海蒂对虚构的捍卫有利于她呈现更加复杂的道德图景，而克瑙斯高对虚构的贬低和无视就不仅是美学偏好，还有在道德上不负责任的嫌疑。

2015年，克瑙斯高接受德国《世界报》授予的文学奖，他在领奖演讲中提到，小说提供了一个超越社会现实束缚的领域，读者能够在这个"独特、具体、独一无二"的空间认识到人的本质，从而培养对具体的人的共情。评论家纳姆瓦利·瑟普尔一针见血地指出，克瑙斯高似乎暗示，人们通过小说培养的共情甚至比现实生活中的共情更值得向往。这意味着，读者有理由响应克瑙斯高的号召，满足于小说提供的亲密且稳定的语境，而对现实生活中复杂多变的道德困境退避三舍。推崇书写现实的克瑙斯高对真正的现实却保持疏离，这层张力相当值得玩味。

我想起詹姆斯·伍德读完《我的奋斗》第一卷后的感受。伍德感叹说，克瑙斯高太好读了，以至于他感到无聊的时候，依然被吸引。现实（确切地说是"通过文字再现的现实"）让我们欲罢不能，也让我们倍感无聊。这让我意识到，所谓的"现实渴望"的背后可能掩藏着"现实成瘾"的问题。站在现实的立场上，我们对过度依赖虚构的批判已然驾轻就熟，却鲜少提及过度依赖现实可能产生的隐患。"无聊"的指控听上去无关紧要，却指向了一个更加严峻的事实：任何体验，无论其本身多么美好、多么值得追求，一旦成为唯一的选择，最终都会扼杀我们的生命活力。

然而，就像华莱士说的，好的小说应该让我们"感到自己活着"，让我们体会作为人的各种可能。或者像非虚构作家莱斯莉·贾米森分析的，我们之所以喜欢自小说创造的模糊空间，是因为我们可以把一个叙述既当作捏造，又当作事实，这样我们就能享受同时拥有虚构和现实两个世界的战栗。

"同时拥有两个世界"或许是"自小说"这个看似矛盾的概念折射出的我们内心深处难以割舍的愿景。类似的，如果我们像海蒂一样，把"人应该怎么活"既看作道德问题，又看作审美问题，那就拥有了双重视角。无论是"两个世界",还是"双重视角",都反映了令人动容的决心:活着是一件多么艰难的事,我们却依旧想依靠自己的力量挽救自己。这一决心是如此具有穿透力,以至于现实和虚假的分隔、道德和审美的区别在它面前都失去了规范的效力。唯其如此,我们才能在面对亘古难题时找到一星半点属于自己的理由、解释、依据。我想,特里林提出道德现实主义的良苦用心或许就在这里。只有在艺术中捍卫人之为人的艰难,我们在现实和虚构世界中的所有付出才不至于失去意义。在这一愿景的牵引下,我们阅读,写作,创造艺术,改造生活,自己对自己负责。正如华莱士在开篇提到的那篇文章最后说的:"我想,那意味着我们都要得出自己的结论。必须如此。"

八部拓展了"自小说"边界的作品

① 《无眠之夜》(*Sleepless Nights*),伊丽莎白·哈德威克,1979

哈德威克笔下的女主人公伊丽莎白是波德莱尔定义的女性城市漫游者(flaneuse)。她既在纽约街头游荡,又在童年记忆里逡巡,其周旋的路线与小说非线性的叙事彼此应和。究竟是失眠让她无法停歇（restless），还是因为无法停歇定义了她的存在，所以她不得不失眠，我们不得而知。但伊丽莎白始终在思考，在感受，仿佛没有终点。失眠的时候，除了在外游荡，伊丽莎白还给"最亲爱的M"写信，告诉对方自己如何"给日子刻上'我'的标记"。标记是给无形的生活赋形，对此，小说开篇有一处精彩的譬喻："我们寻找那些像化石一样凝结成最终形态的人和地方，却有许多野蛮的、颤动的、机敏的小鱼从渔网中逃离。"这本小说中俯拾即是的洞见或许就是"漏网之鱼"。

② *《大地上我们转瞬即逝的绚烂》*（*On Earth We're Briefly Gorgeous*），王鸥行，2019

王鸥行的家族史本身是一部越战史以及流民史，他选择了一种更为温柔，或者化用小说标题，更"绚烂"（gorgeous）的美学途径来呈现暴力的孑遗和痛苦的升华。对比20世纪的犹太文学，可能有人质疑王鸥行不够愤怒。变得绚烂（being gorgeous）虽然不像表达愤怒那样立竿见影，但它却能变革对方对于"我们"的疆域的想象。它通过将自己塑造成"值得钦慕的对象"，让对方乐意将我们纳入"自己人"的范畴，这意味着真正的看见。师从本·勒纳并屡获诗歌大奖的王鸥行给出的小说首作难免存在矫饰的片段，但仍然让我觉得瑕不掩瑜，因为流淌在字句中的诗人的感性实在太过绚烂。

③《乔瓦尼的房间》(*Giovanni's Room*)，詹姆斯·鲍德温，1956

青春期的爱恋，用菲茨杰拉德的话来说，是"迷狂和平静的混合"。当青年的心被迷狂和平静同时占满，他第一次如此热切地想要吞没另一个人，或者被别人吞没——总之是不要做自己，所以他表现得奋不顾身。戏剧化的追逐和自白的背后往往受到更加纯净、更加庄严的理想的牵引，每一个被爱神选中的青年因而都是浪漫主义的天然信徒。当人们贬低这种感情自私、浅薄、虚幻、易逝的时候，他们展露的更多是"过来人"失之偏颇的姿态。青春期的爱恋之于他们，就像是回不去的原乡和不能重温的旧梦。于是，自欺似乎成为消解那永远无法重温的存在释放的张力的便宜解药。就像鲍德温在书里说的，他们是不堪回忆之苦而选择遗忘的懦夫。

④《漂流》(*Drifts*)，凯特·赞布里诺，2020

赞布里诺的写作一直是我的私密安慰读物（secret comfort read）。说她的写作"秘密"，一是因为她的作品一直以来比较小众，二是因为她的写作切入点通常比较小，往往以随感式的碎片拼贴而成，并没有玛吉·尼尔森那么深刻、那么蔚为大观。赞布里诺接受采访时说，女性写的自小说经常会被贬低为回忆录，仿佛只有克瑙斯高和勒纳他们写的才是自小说。然而，她的小、她的易读、她的不成体系恰恰是"安慰"的来源。赞布里诺的写作不是精加工的产物，对我形成了天然的吸引力，因为我能在里面看到创作的辛苦和不体面，从而接纳自己在创作时的辛苦和不体面。当然，她的写作并不粗糙，从选题到组织材料再到遣词造句，赞布里诺总能调动读者内心最单纯的好奇和最丰富的联想，这需要巧思。

⑤《布里格手记》(*The Notebook of Malte Laurids Brigge*)，莱纳·马利亚·里尔克，1910

正如查拉图斯特拉之于尼采，布里格是诗人里尔克的另一个自我。现实中，里尔克拜师雕塑名家罗丹，后者向他展现了他应该成为的样子,然而巴黎丑陋衰败的一面却在时刻提醒他:这才是真实的境况。二者之间巨大的鸿沟也是小说前半部中布里格感到疏离的来源。我喜欢布里格用欣赏的眼光回看童年的自己,仿佛童年不再是亟待解开的心结,而是蕴含着无限启迪的富矿。里尔克写诗通常很快,这部唯一的小说却写了十年。为了不辜负里尔克的苦心孤诣,威廉·H.加斯说,阅读这部小说需要特别的专注,甚至凝视。这让我想起衔接小说前后两个部分的段落,那是我读过的对凝视绘画而产生转变自我的力量最震撼的描写之一,与艾丽丝·默多克的《钟声》(*The Bell*)中多拉与庚斯博罗的画作相遇的段落不分轩轾。

⑥《地狱:一部诗人的小说》(*Inferno: A Poet's Novel*),艾琳·迈尔斯,2010

虽然《地狱》是迈尔斯在亚文化经典《切尔西女孩》(*Chelsea Girls*)问世16年后的续作,但读上去却流畅得像是一气呵成的前传。作为美国文坛的摇滚明星,迈尔斯是自我创造的典范。由她来撰写成长小说,不是大材小用,而是天作之合。迈尔斯似乎是一个重直觉而轻理性的人，她任由短暂的感觉和快乐带着自己走，小说中短促而跳跃的句子似乎也从形式上印证了这一点。然而，诗人表现出来的随意并不是肤浅或者轻浮，她同样思考短暂与永恒之间的关系，思考爱、艺术和自我。在酷的表达下，掩藏着一颗严肃且深沉的心。当涉及创作时，迈尔斯的目标清晰且明确：文字的永恒，或者至少是留存。

⑦**《我爱迪克》**(*I Love Dick*)，克丽丝·克劳斯，1997

克劳斯说："欲望不是匮乏，而是过剩的能量——掩藏在你皮肤下的幽闭恐惧。"小说中与作者同名的女主人公正是在追逐欲望的过程中完成了自我塑造，爱（或者说迷恋）让她成为自己的皮格马利翁。小说既是克劳斯的心路历程的暴露，又是对暴露本身更深的心理和文化意涵的探究。遗憾的是，极简主义当道的今天，多数自小说作者似乎已经对克劳斯的美学感到陌生，他们即便拥抱欲望，也难免带有清教徒式的审慎，担心"自我耽溺"的指控。他们塑造出来的小说主人公只有基本生活需求，对周围的人、事、物保持着冷淡的疏离。显然，他们都需要翻开这部小说，重新相信欲望之于我们人类生存的潜能。

⑧《给没有救我命的朋友》(To the Friend Who Did Not Save My Life)，艾尔维·吉贝尔，1990

吉贝尔以超人的意志在小说中确保疾病不会打乱叙述的节奏，对创作的掌控进一步反哺他在现实中面对绝症的勇气。吉贝尔有一种近乎幻想的天真和单纯：在他憧憬的世界里，所有人真诚而开放地互相爱护，甚至人与人之间的界限也逐渐消融。沉浸在对坦诚联结的向往中的吉贝尔是悲剧性的存在，这意味着疾病主宰的现实里没有他的容身之地。同时他也是幸福的，在幻想的光明中，他得以将死亡的阴影驱逐出自己的视线。他用自己的身体书写，将自己肉身的苦难作为笔墨，却越写越轻盈，直到自己变得透明，永远地和朋友们的灵魂融在一起。就像加里·印第安纳所说，在注定的死亡面前，吉贝尔发现了无可弥补的生活中某种崇高的所在。

克瑙斯高的女性化写作
论性别文学与情感的女性化

(美)希莉·哈斯特维特 / 文　张亦非 / 译

乔治·爱略特在 1856 年发表的文章《女作家写的蠢故事》("Silly Novels by Lady Novelists")中写道:"幸好我们不需要论证这个观点——在小说这一文学领域里,女性可以与男性完全平等。"今天还会有人反驳这句话吗?写作究竟是不是一项取决于作者性别的活动?如果是,那又意味着什么? 2015 年,Goodreads 网站的一项调查显示,女性作家的读者中,平均有 80% 是女性,而男性作家的读者中,只有 50% 是女性。换句话说,写小说的男性作者拥有无差别的读者群,女性作者则不然。当然,有一些作者能够打破这种区隔。阅读小说的女性比男性多得多。无论如何,文学文本仅仅是印刷品而已。如果该印刷品的叙述者是男性,那它就是男性化的吗?如果它的主人公是女性,那它就会变成女性化吗？是否还有别的特质能够赋予一本书特定的性别属性？

我是个女性作家，和一个男性作家（保罗·奥斯特）结了婚——注意，这个陈述的后半句听起来很怪，而前半句相当正常。我时常遇到一些情形，让我不得不自问是否遭遇了有意或无意的性别歧视，要不然就是其他形式的歧视。那个坚持说我丈夫"教"了我精神分析和神经科学的记者（哪怕我告诉他这绝对不是真的，我丈夫对这两门学科都不感兴趣），究竟是一个性别歧视的白痴，还是一厢情愿地相信他的文学英雄或多或少对妻子的教育负责？那个记者丝毫没有敌意，只是对我在这些领域的阅读量超过配偶感到迷惑不解。有一位法国出版界的老先生，读过我的第三部小说后，威严地挥挥手说："你应该坚持写下去。"他这态度是自以为是还是居高临下？2015年夏天，我收到一位女士的来信，对我的小说《炽热的世界》(*The Blazing World*)大加赞赏。这部小说包含20种视角迥异的第一人称叙述，有男有女。这位女士提出了几个问题，其中一个让我大吃一惊。她想知道，我丈夫是否撰写了涉及男性角色布鲁诺·克莱因菲尔德的部分。我知道她这个问题不含恶意，但这意味着什么呢？

数字能说明一些问题，但很少能解释全部问题。弄清小说读者的性别比例、男性作者和女性作者收获的书评数量很有意思，因为数据会促使我们留意文学领域的各种问题，如果没有这些数据，确实很难注意到某些问题存在。然而，统计数据并不能解释背后的原因。现在，有关无意识偏见的写作已经很多，但更关键的问题不是它存在，而是它为什么存在，以及它如何作用于我们每个人。阅读小说是众多文化活动中的一种，要探讨性别观念如何影响我们的文学习惯，就不能将其从更大的文化背景中抽离出来；探讨这种文化也并不容易——你没法将其当作一种毫无差异的单一共识。

1968 年，菲利普·戈德堡进行了一项著名的研究，以女大学生为研究对象。他让两组学生对同一篇文章进行评价，但文章分别署名为约翰·麦凯和琼·麦凯。署名为约翰的文章在各个方面都获得了更高的评价。重复这项研究会得出差异性的结果，正如其他研究一样。尽管如此，从那时起，一项又一项研究证明了这一点，我称其为"男性增强效应"（the masculine enhancement effect）。2012 年，耶鲁大学进行了一项随机双盲实验：在理科专业评估候选人时，为候选人指定一个男性或女性的名字，结果是，被冠以男性名字的候选人会获得更高的薪水和更多的职业指导。男性和女性都受到了偏见的影响。当然，这些教授中很少有人意识到他们向男性提供了更好的待遇。我意识到自己的偏见了吗?在这些情况下,保持客观是有可能的吗?人类如何才能摆脱自己从未意识到的特质?我们还要再一次追问:为什么男性更有优势?

语言学家、心理学家弗吉尼亚·瓦利安在其著作《女性的前进为何如此缓慢》(Why So Slow? The Advancement of Women)中探讨了一个概念,她称之为"内隐性别图式"(implicit gender schemas),即关于男性和女性的无意识观念;这些观念影响着我们的认知,而且往往会高估男性的成就、低估女性的成就。即使在工作表现毫无差别的情形下,身居要职的女性得到的评价也总是低于男性。2008年的一项研究发现,当学术论文接受双盲(作者和评审人都保持匿名)同行评审时,第一作者为女性的论文被接受的数量会显著增加。2004年,海尔曼等人进行了一项研究,名为"成功的惩罚:对在男性化项目中取得成功的女性得到的反应",结果正如标题所示。2001年,劳丽·拉德曼和彼得·格利克在一项研究中得出了如下结论:"对女性善意的预期是一种内隐的观念,即女性必须借用善意来调和她们的能动性,否则就会受到惩罚。"为了被人们接受,女性必须借由友善来弥补她们的野心和力量。男性则不必像女性那样友善。

我并不认为女性天生就比男性友善。她们可能是渐渐习得了友善能得到回报，而赤裸裸的野心往往会受到惩罚。她们可能会有意做出讨好的姿态，因为这种行为能得到奖励，而且较为隐蔽的策略可能比直截了当的行为带来更优的结果，但就算女性坦率且直接，也并不总能被看到或听到。在我参加过的一次学术会议上，大家针对一篇论文展开讨论，有一位女士开始提问，刚说了几个字，就有一位男士打断了她，抢着发言，还做了长篇大论的阐释。在那之后，女士又开始陈述她的观点，另一位男士打断了她。最后我统计了一下，在她终于说出自己的想法之前，总共有四个人打断过她的话。她的挫败感一定越来越强，最后终于夺回话语权的时候，她对论文进行了有力、尖锐的批评。会议结束，我和一位男同事一起离开会议室，他在提到那位女士时评论道："她真的很刻薄。"

我们都听过类似的故事。它们在各种地方以不同的形式被反复提及。这起事件最令我迷惑的是，打断女士讲话的男人们似乎没有意识到自己的行为有多恶劣。就好像她是房间里一个发不出声音的隐形人，一个不存在的幽灵。她并不年轻，也不羞怯，声音并不微弱，更没有犹豫不决。经常有人把女性无法在这种会议上发声归咎于她们的某些特质——女性过于温顺；女性更喜欢有来有往的沟通风格；女性没有男性那么咄咄逼人，更注重互动。她们关心别人的感受。可这位女士并非如此：她并不缺乏自信，也不在乎自己的评论是否冒犯到论文作者。她只是单纯插不上话而已。如果她在最开始就大声喊出要问的问题，很可能会赢得发言权，只是会付出相应的代价。这位女士经受了无礼的对待——更为荒诞的是对方丝毫未曾意识到自己的无礼，她理所应当地用了响亮而坚决的语气说出压抑已久的话，而这种语气后来又为她招致"刻薄"的评价。

这一切让我非常难过。不，我没有被激怒。这只是司空见惯的事罢了，但这种形式的贬损造成的影响不容小觑。说话却不被视为交谈的对象，甚至被忽视，被当成不存在的隐形人，这对任何人来说都很可怕。这是对一个人的人格攻击，年复一年，这种遭遇会给人的精神留下丑陋的烙印。那些男人怎么会对那位女士的存在视而不见，对她的话充耳不闻？这究竟是怎么回事？各种知识一旦习得，就会变成无意识的、自动的。而意识似乎相当吝啬，它并不去处理生活中那些常规的、可预测的知觉，而是去处理新奇的、不可预测的事物。日常活动只需要最低限度的意识，但如果我站在厨房，一转身就看到一只大猩猩在拍打窗户，那就需要充分运用意识了。

知觉从本质上就是保守、偏颇的，它是一种类型化手段，帮助我们认识世界。通常情况下，当大猩猩不拍打厨房窗户时，我们看到的就是我们期望看到的。我们不是被动地接受这个世界的信息，而是创造性地解读一切。我们借由情感层面的重要事件学习过去，根据学到的东西感知现在，然后将所学投射到未来。出于某种原因，对当时在房间里发言的男性来说，那位女士变成了难以察觉的存在。我完全相信，那些打断她说话的男性如果看了当时的录像，一定会大为吃惊，尴尬不已。在"男人打断女人说话"这种司空见惯的现象之下，一定有许多经验成了人们的预期，即某些科学家称之为的"先验"，它们足以让一个人消失——至少是暂时消失。然而，这些假设，抑或无意识的想法究竟是什么？它们与阅读文学作品又有什么关系呢？

我的另一段亲身经历有可能提供答案，或者至少能提供一部分答案。我曾在纽约当着观众采访过挪威作家卡尔·奥韦·克瑙斯高。当时他的自传体巨著《我的奋斗》第一卷英译本刚刚出版。我是这本书，或者说是这两本书（指挪威文原版和它的优秀英译本）的崇拜者，因此很高兴能采访这位作家。我准备了一些问题，克瑙斯高真诚、睿智地回答了问题。谈话接近尾声的时候，我问他，为什么在这本提及数以百计作家的书中只出现了一位女性：朱莉娅·克里斯蒂娃。难道没有其他女作家的作品对他的写作产生过影响吗？这个令人吃惊的疏漏背后有什么原因？为什么没有提及其他女作家？

他很快回答："都算不上竞争对手。"

他的回答让我有点震惊，我本该请他做出更详细的说明，但采访时间所剩无几，我没有机会细问了。而他的回答像段旋律一般在我脑海中一直回荡。"都算不上竞争对手。"我不相信克瑙斯高真的认为克里斯蒂娃是古往今来唯一能写出好文章、提出好见解的女性。这未免太荒谬了。我的猜测是：对他来说，在文学或者其他领域，"竞争"意味着他与其他男性竞争。而女性，无论多么才华横溢，都不被囊括在这一竞争中，唯有克里斯蒂娃或许是个例外。我碰巧知道，她在克瑙斯高就读卑尔根大学期间极受欢迎，很可能出于这个原因，她才被克瑙斯高写进了书中。如果克瑙斯高生活在另一个时代、另一个地点，弗吉尼亚·伍尔夫或者西蒙娜·薇依就有可能占据那个代表"文学女性"或"知识女性"的位置。克瑙斯高并不是唯一拒绝将女性视为竞争对手的人。也许，他只是比大部分男性作家、学者和其他身份的男性更诚实,那些人既看不到女性,也听不到女性的声音,因为女性不是可以匹敌的竞争者。我认为,女性之所以从房间里、从更广义的文学领域中消失,这并非唯一原因,但这绝对是个值得关注和值得探讨的问题。克瑙斯高是不是明确意识到了某种其他人隐约相信,却无法表达或没有表达的态度?

克瑙斯高在接受英国《观察家报》记者采访时,承认小时候曾被取笑,被唤作"娘娘腔"、同性恋,也承认自己因此备受打击。他在采访中说:"我不谈论感情,但我写了很多关于感情的东西。阅读是女性化的,写作也是女性化的。简直疯了,真的疯了,但那些事仍然存在于我心里。"阅读和写作被女性"玷污"的观念已经深深扎根于西方人的集体心理中。克瑙斯高说得没错,这种想法确实是疯了。识字是人类史上晚近的、重大的进步,却被诋毁(克瑙斯高明确表达了诋毁这层意思)为媚俗和女性化,这意味着什么?几个世纪以来,只有特定阶级才能享有阅读和写作的特权,而在特权阶级中,只有男孩才能接受一流的教育,女孩则不能,弗吉尼亚·伍尔夫在《一间自己的房间》里写到了这一点,她的笔触十分苦涩。更进一步讲,如果文学本身是女性化的,为什么女性反而被挤出了文学竞争的行列?

我们所有人，无论男女，都将男性气质和女性气质深埋于内隐图式之中，正是这种图式将世界一分为二。科学与数学坚硬、理性、真实、严肃、男性化。文学与艺术则柔软、感性、虚幻、轻浮、女性化。有一篇论文为教师提供鼓励男孩阅读的方法，在这篇论文中，我看到了下面这句话，它与克瑙斯高被称作"娘娘腔"的痛苦童年记忆如出一辙："男孩经常表达对阅读的厌恶，他们认为阅读是一种被动的，甚至是女性化的活动。"理解数字和操纵数字却没有同样的污名。做算术题就更主动吗？孩子们难道不该掌握阅读和写作吗？阅读和写作难道不是与世界沟通的关键吗？况且数字和字母同为抽象符号，至少在英语中，二者也都是无性别表达，将阅读视为女性化活动的偏见简直令人瞠目。或许就像克瑙斯高说的那样，"简直疯了"。但这种偏见会催生联想。任何事物一旦与女孩、女性联系起来，都会失去其地位，无论是职业、书、电影还是疾病。但更深层的问题在于感情。是什么让克瑙斯高的话题从感情直接转向了女性气质？克瑙斯高堪称当代自发写作（automatic writing）之王。《我的奋斗》是不受控的文本。这是整个写作项目的本质所在。我在采访中提到了这个概念，但他并不了解自发写作在精神病学和超现实主义中的历史沿袭。我提到了法国的文类"自传体小说"（autofiction），他同样表示不了解。这是由塞尔日·杜布罗夫斯基创造的一个术语，在自传体小说中，主人公和作者的名字必须一致，书中所用素材必须是自传性的，只是也可以使用虚构手法。（有趣的是，在法国，克瑙斯高的这本书很大程度上没有受到重视，另外它的法语版书名没有被翻译成《我的奋斗》，在德国也没有。）克瑙斯高接受我的采访时，坚称自己从未编辑过这本书，写成后未曾修改一个字，我没有理由怀疑他。整部作品是一股原始的、未经过滤的词汇洪流，源自一个脆弱、伤痕累累的自我，一个我们大多数人都或多或少感知到却选择去保护的自我。这部小说是不加节制的、自传性的、常常高度情绪化的倾诉，但它借用了小说的常规形式——明确的描写和对话，在现实中没有人会记住这些东西。这种松散的形式意味着，读者必须去忍受不可避免的冗长段落，在这些段落中几乎什么也没发生。书中还有一些半哲学式的离题，以及对艺术、作家和思想的探索，其中一些充满活力，另一些则平淡无奇。

克瑙斯高写下了很多关于"感受"的文字，即使在这个过程中受到羞辱，被认作傻瓜，他也坚持这么写。这种无所畏惧的坦诚放在任何人身上都相当迷人，但放在男性身上可能更加迷人，因为一个袒露感情的男人更有可能因为这种袒露而蒙羞。他会坠落到更深处。这本书震惊了挪威读者。早在英译本问世之前，我的挪威亲戚和朋友们就给我讲了突如其来的克瑙斯高热。在挪威，痛苦的回忆录并不常见；只有日记除外，但日记通常会在人们死后出版。挪威并没有自揭疮疤的自白传统。如今在美国和英国（法国和德国也多少如此），作家袒露自我的写作并不丢脸，而是英雄的行为。尽管克瑙斯高承认，他为写这部巨著时伤害到了家人而痛苦，但评论家们并没有把《我的奋斗》视为一部道德有瑕之作。这一切都充满了讽刺意味，然而，要想确切理解文学世界中这一"算不上竞争对手"的条款，就必须谨慎对待这些讽刺之处。

长期以来，情感及公开表达情感都与女性气质、女性身体紧密相连。与家庭生活、女性及其情感密切相关的小说，一直被视为一种庸俗的文体，甚至饱受鄙视。从某种程度上讲，乔治·爱略特以化名发表的那篇文章竭力将她自己严肃、智性、现实主义的小说立场与其他女性的写作区分开来——那些女作者用煽情的文字写下愚蠢、不切实际的书，书中的女主角完美无瑕。像这种与女性化浮夸保持距离的愿景并不新鲜。在18世纪，小说，尤其是由女性撰写、以女性为读者对象的小说，即"女士专属"小说，一直受到评论家的轻视。劳拉·朗格在《早期小说批评中的性别策略》("Gendered Strategies in the Criticism of Early Fiction")一文中,引用了安布罗斯·菲利普斯的表述:相较于"多数女性迷恋的平庸小说和浪漫故事",菲利普斯自己的期刊《自由思想者》(*The Free Thinker*)是"一种更为高级的选择"。朗格进一步指出,这些早期小说常在序言中鼓励"女性读者与女主人公建立联系,或者……读者与拟人化为女性的文本建立联系"。长期以来,小说一直受到嘲讽,被斥为娘娘腔。

对浪漫主义者来说,感情被视为女性信条,与所有艺术形式息息相关,而我们仍然生活在浪漫主义的诅咒之下。女性化的男人,或者说有感情的男人,是那个时代的主流。没有人忘记歌德的敏锐感知,也没有人忘记少年维特的温柔和痛苦,而他的自杀引发了一连串模仿行为。泰斯·E. 摩根在其著作《男性书写女性:文学、理论与性别问题》(*Men Writing the Feminine: Literature, Theory, and the Question of Gender*)中指出,浪漫主义诗人发现自己置身于女性境地时,会面临种种危险。虽然摩根的文字略显生硬,但他的观点颇有道理。"如果说,想象女性表达情感的声音为那些感情充沛的男诗人提供了激动人心的资源,那么华兹华斯的文本则显示出一种令人忧虑的情形：男作者在书写女性时，对性别的介入可能会比预想中更为复杂。"换句话说，成为女性，或者允许写作人格变得女性化，可能会带来危险的转变。

克瑙斯高进入女性世界的路径既不是戏仿，也不是异装。他的世界不是拉伯雷式的狂欢，不是异装秀，更不是扮演另一种性别所引发的松快喜悦，他的旅程并没有仿拟那个著名的童话故事：男人和女人交换一天，她出去耕田，他在家带孩子。该故事的寓意在于：曾经嘲笑女人工作轻松的男人发现，女人的工作需要灵活性和技巧，而他并不具备。不，克瑙斯高对家庭生活的细致描写——削土豆皮和换尿布，对他所爱的孩子们的憎恶，被家庭责任困住和窒息的愤怒——全都不属于女性叙述。事实上，克瑙斯高对家庭现实的细致描写让我们想起18世纪的英国小说，尤其是塞缪尔·理查逊的《克莱丽莎》，而且就像在理查逊笔下一样，克瑙斯高书中的种种家庭细节得到了庄重甚至崇高的呈现，都被视为独特的人类故事的一部分。

凯蒂·罗伊夫在为《石板》网络杂志撰写的一篇文章中指出，如果《我的奋斗》的作者是女性，那么同样的家庭主妇琐事录以及随之而来的苦痛就不会在评论界产生同等影响。罗伊夫又强调，无论评论家是男是女，结果都会如此。她并不是在贬低克瑙斯高的成就。她是克瑙斯高的书迷。她只是指出了一个相应的背景。如果是一个女人抱怨母职及随母职而来的挫败，如果是一个女人对准备晚餐、洗衣服充满了怨恨，如果是一个女人希望自己能一个人静静地写一会儿，结果会怎样？这不正是克瑙斯高大部分时间里所渴望的东西——一间属于自己的房间和写作的自由吗？如果说《我的奋斗》以其数千页的篇幅证明了什么，那就是：这个男人确实找到了写作的时间。

但如果抱怨不休的是个女人呢？罗伊夫并没有探讨这个问题，不过，被压抑的家庭主妇是个典型形象。尽管在20世纪，家务带来的乐趣和满足一直都被浪漫化，但屋子里的天使的翅膀已经被剪除。贝蒂·弗里丹不也描述过这种不安分的白人中产阶级家庭主妇吗？当然，这种家庭主妇的孤独有一部分源自她的特权。那些为了养家糊口而从事琐碎工作的女性，从来都不曾拥有过这等奢侈：在自己家中感到无聊。有些人坚持认为，是了不起的艺术才能使得克瑙斯高免于平庸，罗伊夫反驳：假设写出《我的奋斗》的是一位名为奥利维娅·克劳斯的女性作家，那无论她的艺术技巧有多高超，这部作品也永远不会被认真对待。事实上，这位奥利维娅·克劳斯只会消失得无影无踪。

当一个男人成为家庭主妇，生活在一个传统上只属于女人的故事里，这究竟是一个新故事还是旧故事？让我们坦率地说吧。任何一个故事都会随着讲述的过程沉浮，但将《我的奋斗》视为一种西蒙娜·德·波伏瓦所说的"成为女人"叙事，仍然是件很有意思的事。我们都知道这本书的叙述者是男人，因为他担心的是男人的问题。他拒绝使用拉杆箱，因为过于女性化。他患有早泄——一种不属于女性的"怨言"。作者的父亲被描绘成一个不讲道理、冲动、脾气暴躁的人，一个利用父权羞辱儿子的暴君，一个在先辈凝视下始终处于警戒状态的不成熟男人。

在斯堪的纳维亚，人们对男性参与家务和家庭生活的期许比世界上任何其他地方都要高。陪产假非常普遍。不仅如此，在这些国家，还能感受到男女在行动、言谈和举止上与其他地方有所不同。可以明显感觉到，斯堪的纳维亚女性比其他地方的女性拥有更多的权力。在挪威，女性自1913年起就拥有选举权。身为一名作家，我在斯堪的纳维亚受到的待遇也不一样。与法国和意大利等国的记者相比，那里的记者似乎不那么热衷于给我的作品贴上性别或是自传的标签。在美国，父亲照顾孩子的情形也越来越普遍，至少比过去更常见了。克瑙斯高的史诗在法国出师不利的原因可能是，法国仍然盛行大男子主义文化，一个愁眉苦脸换尿布、做晚饭的父亲的形象几乎没什么吸引力。

事实上，《我的奋斗》是一部高度"女性化"的文本，聚焦于普通家庭生活中的细腻情感。我必须补充一点，平凡生活中并不缺少戏剧性。克瑙斯高在《我的奋斗》第一卷的末尾描写了他和哥哥为逝去的父亲打扫满是污垢的房子，在我多年来读过的小说中，这是最具震撼力的段落之一。我想，书中的清扫无异于一次对抽象化恐惧的探索。聚焦于家庭日常的小说，所呈现的现实并非总是无害的。我一直这么认为，但凡在晚宴上集齐八个成年人，让每个人都分享一下自己的家庭故事，就能迅速揭示一个事实：疾病、谋杀、自杀、吸毒、暴力、牢狱和精神疾病等种种现实或许触目惊心，但它们离我们颇为切近。

克瑙斯高并未把女性视为文学的竞争对手，那么所有女性化的、家庭化的东西意味着什么？恐惧？焦虑？还是某种"令人忧虑的情形"，即只有当女性被排除在文学史之外，只有当真正的文学之争发生在男性之间时，阅读和写作这类在被他潜意识地界定为"女性化"的活动才能得到救赎？精神分析学家杰西卡·本杰明在其著作《爱的纽带》(*The Bonds of Love*）中描述过精神历程（psychic journey），作为人的克瑙斯高和文本中的克瑙斯高，是否恰好成了精神历程的一个例证？杰西卡·本杰明认为，对于某些男孩来说，与幼年时期无所不能的母亲分离的需求（这是男孩和女孩的共同需求，但在二者身上又有所不同）会蜕变为对母亲和其他女性的蔑视。那是不是可以说，这是克瑙斯高对他本人所具备的显著女性特质的蔑视，是对他在写作中勇敢探索过的人格（柔软、受伤、充满情感内核）的蔑视？

然而，是不是也可以说，必须以男孩／男人的自我猛烈抵抗女孩／女人的自我？是不是也可以说，因为这种女性叙事本质上是男性叙事，所以女性特质就显得更加凶猛可怕？老实说，我并不确定，但我猜测，上述问题都源自这一特殊文学现象所涉的诸种焦虑。我曾多次从男性的视角进行写作，这使得我对男性的阉割恐惧深有同感。此外，并非只有男性抗拒那些被指为女性化的特质。许多女性都会依据自己所处的环境而采取偏男性化的姿态。

例如，一位女物理学家会因其工作而被男性化，而男小说家则会因其工作被女性化。一旦成为情感、情绪的传播者，男性气质就打了折扣，如果男小说家选择了最女性化的题材——在家带孩子的苦役，那么他就远离了男性的独行侠神话。然而，克瑙斯高是男人，也是异性恋者，这个坚不可摧的事实不仅强化了他的作家形象，也强化了他的文本——我们本应将其视为一面自传体的镜子。这当然是种幻觉。任何文本都不反映现象学的现实。尽管如此，《我的奋斗》封面上呈现了小说家粗犷、英俊、阳刚的形象，这和他感性的、女性化的主题之间还是形成了一种颇具吸引力的张力。其他小说家在小说中塑造的人物并非他们自己，仅仅是小说世界中的虚构角色，克瑙斯高却有所不同。真实世界中的克瑙斯高和文本世界中的克瑙斯高被认为是同一个人。

另一方面，女小说家面临双重困境。如果她写的是虚构的故事，本就柔软的东西就会因她的女性身份而变得更加柔软；如果她在一本家庭生活回忆录里写下亲身经历，写下生儿育女的磨难、在托儿所或者幼儿园与其他父母的无聊碰面、烦躁的怒气、痛失的独立性，她就很有可能消失得无影无踪，或者被贬进"女性写作"的贫民窟。不过，也有可能不会。小说可能引发的反应是难以预测的。如果出版商能在手稿阶段就预判一个作品能否成功，出版业早就不是现在的模样了。

因为我既写虚构又写非虚构，对神经生物学和哲学（大体上仍是属于男性的学科）有着长期的兴趣，所以我自己的作品中体现了男性/女性、严肃/不严肃、刚硬/柔和的分野。当我在科学期刊上发表论文或者在科学会议上发表演讲时，我会发现自己站在男性的领地上；但是当我出版小说时，我却完全身处女性的领地。公共活动的受众也有相应的差异：在科学和哲学领域，男性约占80%，而在文学朗读会或者其他文学活动中，情况正好相反。这样的性别分布成了一个人的作品及其接受情况的背景。那么竞争是如何出现的？

在科学和哲学领域，不加掩饰的竞争屡见不鲜，形态包括口头辩论、抢风头、逐字逐句拆解论文，在人文学科领域，这类行为也并非没有出现过。有一次，我在巴黎索邦大学做了一场关于创伤与文学的演讲，演讲一结束，各种问题就迎面而来。我很喜欢这种感觉。首先，在这些领域，知识相当重要。你知道得越多，处境就越好，在这些隐蔽但紧张的智力世界发生的思想碰撞令我非常陶醉。此外，我还从这些激烈的交锋中学到很多东西。我的思想也因此而改变。为想法而斗争很有趣，如果你真的了解自己的研究领域，很可能会立即得到尊重，很快就会有人邀请你分享论文，也许还有人通过电子邮件与你交流。知识和善用知识进行思考都具有力量。内隐图式和偏见并没有被完全根除。在这些领域，女性也会从人们的视线中消失，正如我在前文提到的那个故事（那位急切地寻求空间以便表达观点的女性），但要是时机恰当，一篇闪耀着才华的论文或一次精彩的演讲可以冲破藩篱，成为那只拍打窗户的大猩猩。

写小说并不依赖这种知识。一些杰出的小说家博学多才，另一些则不然。博学并不是一部作品好坏的关键，莱昂内尔·特里林和埃德蒙·威尔逊等人的小说清楚地表明了这一点。而且，虽然力求成为最好、最显眼、最热门、最时髦的趋势在大众文化中无处不在，文学领域也不能免俗，但在小说领域，损人利己的恶性竞争难道不会显得奇怪吗？那种竞争有什么意义？每个作家都渴望得到认可和赞美，但每个作家也都要知道，手中的奖赏和恭维往往是短暂的。写一本小说和求解费马大定理不一样。小说中的正确解法是小说家认为正确的解法，如果读者认可，那就算匹配成功。这可能是部分问题所在。如果文学到最后是件关乎"品位"的事，如果文学的优劣没有极其精确的"验算证明"，那么防范潜伏在文学形式本身之中的妖魔就变得尤为重要。无论如何，竞争存在于一切事业之中，竞争会催生嫉妒和怨恨，这是每一种亚文化的普遍特征，无论在科学还是艺术领域。

竞争可以是一场活跃的游戏、一场提振参与者精神的舞蹈或运动。进化心理学家提出了一种观点，即女性没有竞争意识，或者竞争意识不如男性，但这种想法让我失笑。这些人到底生活在地球上吗？难道他们完全看不见当下和人类有历史记载以来的女性野心？这种关于雄性争强好胜、雌性腼腆扭捏的幻想，恐怕得回溯到狩猎采集者在热带草原上的不明进化史，其中的细节只能靠猜测。"性选择塑造了文学文化"是一种新达尔文主义观念，其价值令人生疑。然而，尽管海量证据表明有太多物种违反了这一所谓的铁律，但滥交的雄性愿与视线范围内任何雌性交配、雌性会有选择性地交配的观念却依然存在。

我不知道克瑙斯高在那次采访中，是否在用达尔文思想看待竞争。也许吧。我喜欢作为思想家兼作家的达尔文，也不否认我们是进化了的生物，但进化心理学的新达尔文主义是达尔文思想和心智计算理论的可疑混合体，早在我和克瑙斯高会面前的几年里就已经风行挪威，原因是有一档收视率高、讨论度高、颇受欢迎的电视节目探讨过这个主题，克瑙斯高很可能看过那档节目，或者听别人谈论过。在这种思想中，"雄性竞争"被用于解释一长串由于自然选择特征而产生的性别差异。理查德·列万廷阐述过"作为意识形态的生物学"，这就是列万廷理论的一个生动例子。将独处和摆脱育儿负担的需求、在文学竞技场上击败其他男性作家的强烈欲望解释为一种由基因决定的特质，或许会令人宽心，但这种理论的弱点很多，而且随着时间的推移越变越多。

进化心理学中的大规模模组化心智模型并不足信，神经科学研究表明，大脑并不是由自然选择生成的"硬连接"式离散模组集合。DNA是一种惰性物质，依赖其细胞环境，而基因表达则更是依赖整个生物体的历程，换言之，就是依赖发生在生物体身上的事件。然而，就算是愚蠢的观点也自有其力量，也能影响人们的认知。直视一位女性作者的眼睛，冷静地宣称她和地球上其他所有女性"都算不上竞争对手"（朱莉娅·克里斯蒂娃或许是个例外），这论调至少称得上是惊人。

按照克瑙斯高的观点，这个游戏属于男人。在我看来，到这里，整个故事才真正变得悲哀，对男女两性来说都是如此。迈克尔·基梅尔写过一篇清晰明了、尖刻讽刺的文章：《作为恐同症的男性气质：性别认同建构中的恐惧、耻感和沉默》（"Masculinity as Homophobia: Fear, Shame, and Silence in the Construction of Gender Identity"）。他写道："男人在其他男人的眼中证明自己的男子气概。"男性的地位、骄傲和尊严都围绕其他男人的看法而存在。女人不作数。迈克尔·基梅尔引用了大卫·马梅的话，马梅曾不止一次描绘过仅由男性组成的世界："在男人心目中，女人在整个国家的社会阶梯上排位如此之低，以至于用女人来定义自己毫无意义。"从这种狭隘的视角出发，男人要么无视要么压制所有女性，因为他们无法想象女性在成就方面能成为他们的对手。与女人竞争，与任何女人竞争，都必然是一种阉割。

基梅尔这样写道："恐同症所代表的恐惧，就是害怕其他男人揭下我们的面具，向我们自己和全世界揭示我们不合格，不是真正的男人。"实际上，这句话恰好能够描述《我的奋斗》中持续出现的恐惧和羞辱。基梅尔认为，在异性恋白种男人这个异常封闭、偏执的世界里，存在一个肮脏的秘密：被拣选的半神并不觉得自己有多强大。相反，他被焦虑纠缠，这种焦虑源自身处一个难以为继的境地，源自一种无休止的虚假自我。这就是"那些男人的感受：他们从小就被教导成认为自己有权体会……权力，实际上却体会不到"。一个男人要是拖着而不是拎起箱子走，就有变成弱女子或者同性恋的风险，就是在踏入女人和同性恋那块可怕而污浊的领地，一旦进入那种地方，真男人的男性气概就可能被揭示为虚伪的幌子。

讽刺之处在于，在白人男性权力的底端，在排外、扬扬自得、抱团恭维、咄咄逼人的姿态之下，其实是极端的脆弱性。每个人都可能受伤。如果把人生中不可避免的伤痛所带来的感受理解为"女性化"，那在我看来，我们都会陷入混乱。男性和女性的脆弱可能存在一些区别：在女性身上，脆弱这种特质更容易融入我们的知觉图式。

但是，女性频频受到羞辱，因为她们不被视为竞争对手，而被视为房间里的幽灵。不止如此，当她们被晋升为重要竞争对手时，当母猩猩拍打窗户，让他人把全部注意力都集中在她身上时，招致的反应可能是欢悦、热情的，也可能是充满恶意的。我曾在某次会议上遇到的一位年轻漂亮的优秀神经科学家，她向我讲述了被一位年长且有名的男性同僚当众羞辱的故事。我猜，那位男科学家没法忍受一个对他构成巨大威胁的知识分子以如此宜人的女性形象出现在他面前，于是他在众多旁观者面前无端施暴，让那位女性无法忍受，甚至哭了。在这种状况下，流泪虽然更容易得到理解，却也完全符合那些引导我们认知的内隐图式：女性无法承受压力；女性容易崩溃。对此，我有一些实用的建议：不要激动。不要抬高音量。要反咬回去，狠狠地咬，但千万别哭。

克瑙斯高在《我的奋斗》中经常哭。他的眼泪不仅"有失男子气概"，而且颠覆了弥漫在挪威文化中的强烈的斯多亚主义。我完全理解。我就是在这种环境中长大的。你得有充足的理由才能哭——亲人离世、能让你流血致残的可怕事故，或者痛苦的疾病。即便如此，哭泣也只能在私下进行，绝对不能在公开场合。《我的奋斗》在挪威出版时，就好像一个成年男子脱光了衣服，走到市政广场，坐在长椅上，在众目睽睽之下号啕大哭。在克瑙斯高的情况中，更糟的一点是公众知道他哭泣的缘由，而那些导致他哭泣的事并不总是很严重。禁止流泪对敏感的孩子来说很难承受。尽管我是个女孩，我也知道这一点。卡尔·奥韦·克瑙斯高同样知道这一点，因为他也是个敏感的小男孩，这对他可能更难。尊严和顽强必须主宰挪威人的灵魂。挪威文化曾经是一种永不淌泪的文化。然而，克瑙斯高笔下的克瑙斯高，这部漫长个人史诗的主人公，却是个名副其实的泪沼。这就是文学世界的讽刺所在。

回头再看"都算不上竞争对手"这句话，我想我本该觉得受到了冒犯，我也有充足的理由感到愤慨，但我真实的感受并非如此。我感受到的是对一个人的同情和怜悯，他认真地说了一句无疑非常愚蠢的话。几千页的自省显然并没有让他对自己人格中的那个"女人"有所认识。"那些事仍然存在于我心里。"由男性撰写的女性化文本和由女性撰写的女性化文本在接受度上有所差异，但仅仅注意到这一点是不够的，仅仅促使人们去关注那些反映文学世界性别不平等的数据也不够。重要的是，无论男性还是女性，都必须充分意识到其中的利害关系，让每一个关心小说的人都清楚地看到：我们的阅读习惯中存在一些既有害又愚蠢的东西。要让人们认识到，文学作品的命运不能由"都算不上竞争对手"这样的条款来决定，它附加在一份欺骗性的、在恐惧推动下写就的同性社会契约之上，这样的条款只能用"简直疯了"来形容。

因此，我要回到这篇文章的开头，回到一位不愿说蠢话的人所说的话里："幸好我们不需要论证这个观点——在小说这一文学领域里，女性可以与男性完全平等。"

如何抑止女性身体写作

张雁南 / 文

一、返场：重新寻回"抑止女性身体写作"事件

1983年，在西方第二波妇女解放运动的潮涌下，美国女性主义者乔安娜·拉斯出版了《如何抑止女性写作》，分析了西方文学正典历来抑止女性写作的几种陈词滥调。2018年，这本风格奇特、金句频出的文论再版上市，在社交媒体上引发广泛讨论，并很快在2020年被译介进汉语世界。中西方妇女解放的形式、历程有所差别，但在其浪潮中，我们却看到身处世界各地、使用各种语言的一个个女人，正以她们的身体，以她们的说和写，打通在性差异层面本不该被制造出来的外围区隔。

"打通"的前提是女人的说和写仍处于阻滞状态中。拉

斯是从19世纪以来的西方文学和批评史内部，对抑止女性写作的行为展开检视和批判的。当我们追溯我们自己的文学和批评史，会发现其实在世纪之交的上海，就发生过一场轰动一时的"抑止女性写作"事件——以某些女作家为靶心的"身体写作"事件。

"身体写作"作为中国当代文学批评史上的重要关键词，20年来已在本土和海外的各种谱系中有了丰富和成熟的研究。但之所以有必要在当下，尤其是从"抑止女性身体写作"的角度重新寻回特定的事件，是因为它既诞生于也受制于21世纪初由商业、资本、民族、消费、都市、后现代、性别等话语构成的多重角力，而由此折射出的歧义和僵局，一方面仍辐射在当今的女性写作中，另一方面，随着新时代"女性主义"重返舆论场域，当女性意识增强的年轻读者回望我们自己的女性写作历程，21世纪初遗留下来的有关女人－身体－写作方面的"意难平"，重新变得微妙起来……

二、区隔：二元语境与反向排除

"女性身体写作"之所以会成为一场事件，在一定程度上是父权文化对女人、对身体的双重压抑所造成的反向结果。正是这种故意遗忘、过度反弹，以及随之引发的混乱，使得我们有必要在存在论的性差异层面上重新强调，21世纪初的"身体写作"事件根本而言聚焦的是"女性身体写作"，而非（中性化或去性化的）"身体写作"——这是多此一举，因为现象学家莫里斯·梅洛-庞蒂早就说过，身体已然是性化的身体。但从实际操作层面上来看，这也不算画蛇添足。因为当"身体写作"从20世纪70年代的法国女性主义思想家埃莱娜·西苏那里"传入"20世纪90年代中期的中文语境时，身体自身的性化层面就悄无声息地脱落了。

作为德里达的女弟子，在西苏那里无须赘述的性差异的身体，在进入中文语境时首先被移置到了"精神／身体"的传统二元论语境。在中文学界有的研究者看来，这是理解"身体"时的一大前提。对"身体"的此种理解，建立在对活跃于20世纪90年代的新生代作家与传统作家的观察和比较之上，二者的对立呈现出以下特点：从书写群体转变为书写个体，从书写宏大叙事转变为私人化写作，从精神型写作转变为身体型写作。这种观察和比较从文学写作层面证实了，在进入"后现代"之后，无论中西方、无论何种性别的创作者，都需要应对宏大叙事消解这一趋势。在此背景下，与个体意识一同萌发的"身体意识"才开始出现在新生代作家的作品中。

对"身体"的此种定位也佐证了，中文学界最早使用"身体写作"这一观念时，确实和西苏当初的用意没什么直接联系。尽管评论者主要是以部分女作家的身体写作为范例来论证其"身体写作"观点的，但在"精神／身体"的二元版图中，性差异维度显然被搁置一边。不过，我们也不难发现，评论者看似疏漏了写作者自身的性别和作品中身体自身的性化差异，因为他们致力于论证"身体写作"是对过去压抑个人的道德主义、保守主义、群体主义文化的反抗（纵向），但"疏漏"并非原因而是结果。造成"疏漏"的原因是，在限定"身体写作"的边界之前，评论者就已经在不同的"身体写作"之间——同时在"身体"和"性"之间——制造出分类和区隔：

于20世纪80年代末就出版作品的陈染、林白，就因女性欲望色彩过于明显、女性反抗（横向）意识过于强烈，过于将"性"当作被压迫者（作为被压迫的女性群体）反抗的手段，而被划归到"女性主义"作家、"女性写作"（有时也称"前身体写作"）领域；活跃于21世纪初的尹丽川等人，则因性描写更加赤裸、意义消解更为彻底而被划归为"下半身写作"。正是她们的出现造成了"身体写作"内部的分裂。其实具体划归到哪一栏并不重要，重要的是设置分类、制造区隔，为了将过于反抗、过于色情、过于危险的，剔除在"身体写作"阵营之外。

这种反向排除的前置动作，有助于将"身体写作"的抗辩对象聚焦至认知理性、保守道德和集体对个体、感性、身体施加的长期的规训和惩戒。但问题也正在于此。作为"身体写作"在中文语境中的出厂设置，那些幽微的、性差异的身体感触和知觉经验，也就很难在此对立和限定中生成和延展。

三、对立：踏上流放之旅的女人

无论从"女性身体写作"事件，还是从至今烙印在女作家身上的刻板印象来看，值得商榷的正是未经检视便被采用的二元论框架和目的论观点——尽管"身体写作"观念在中文学界刚刚确立，但是女作家的作品又有极其显著的性差异标记。

这种做法影响深远。时至今日我们仍经常听到这样一类判词：女作家缺乏宏大叙事意识和精神追求，局限于私人经验和物质生活，难以从个别上升到普遍——二者是如此截然二分的吗？但黑格尔说存在着个别的普遍性。还是说女性仍被划归为群体而非个体？但宏大叙事的消解、碎片化的经验、个人化的视角这类判词，就"身体写作"而言又明显由女作家的作品所承受。换个角度看，或许不是女作家缺乏宏大叙事意识，而是文本的呈现方式更多地被基于传统二元论立场的读法所限制：一边习惯性地将男性（作为中性化的、去性化的"人"）与宏大叙事，将女性（作为前者之反题）与私人经验对应起来，另一边又将宏大叙事与私人经验对立起来。

面对呼之欲出但不便挑明的双重标准，就"身体写作"而言，部分评论者的处理方式是抹除身体的性化记号。但掩盖这一点并不能在观念或实存层面上消除性别不平等，只能说这样一来，"男女对立"及由此引发的论争，就被单方面地归咎到女性主义者身上，她们以书写女性欲望、言说女性痛苦、彰显女性意识的方式揭示这一点——简言之，"男女对立"被认为是由女性主义者一手造成的。从当下回望，这无疑是偷懒的做法。因为只要差异存在，就会引发纷争，但差异和纷争并不等于主奴对立和殊死搏斗。破局的关键就在于，破除贴在女作家身上的歧视性标签背后的僵化立场——甚至在新生代女作家经常提到的玛格丽特·杜拉斯身上也有此种痕迹。

这一僵化立场也正是"身体写作"这一被精心打造的理想标签，在遭遇与商业、资本、民族、消费、都市、性别等多重因素的合谋之后，女性身体写作很快就周转不灵的根本原因，以至于最后不得不以紧急管控的方式将其彻底抹除。在互联网时代，我们已经很熟悉这类"反转"套路，但关键在于重新看到套路背后那个踏上流放之旅的女人：从最初自觉的女性身体写作，到被标签化，再到连带着标签一起被污名化、被除名——而后又吊诡地既作为东方眼里的禁忌之物，又作为西方眼里的异域珍宝，在后殖民主义和东方主义的双重面纱下失重前行……

更重要的是，撇开外围纷扰，"身体写作"事件归根结底关乎女性写作活动本身。过于纠缠在以女性身体为主战场的话语角力中，就会错失作品本身，难以对女性身体写作本身的分量和品质做出公允的评价。借用女性主义哲学家张念教授的话来说，"无论其文学质量高低好坏，至少一定程度上它仍是对文学权威的一种挑衅，和对'禁止发疯'的文化秩序的抗议，虽然大部分身体写作仍停留在'自恋'层面，掉进表演和展示的旋涡，但更重要的是让身体事实得到承认，这是既往的当代作品中缺失的经验"；遗憾的是，随着父权制旧道德与资本逻辑的迅速合谋，20世纪90年代艰难浮出地表的"身体意识"在 21 世纪初很快遭到抑止。尽管很快"80 后""90 后"女作家们陆续登场并展开她们的潮潮返返，但"身体写作"事件后，中文世界女性身体写作的发展开始趋于滞缓。

四、反思：自我抑止的僵局

但，抑止女性身体写作的主词仅仅是"男人"吗？

在《如何抑止女性写作》中，拉斯并没有将女作家遭受的阻力全部归咎到男作家、男性评论者身上——这是与上述评论者互为镜像的偷懒做法；相反，她将检视镜回转至女性自身，指出我们熟悉的、如今被贴上"女权偶像"标签的女作家、女性评论者，比如伍尔夫、勃朗特姐妹、桑塔格，她们有时也会不自觉地扮演"贬抑者"的角色，滑动到精神分析所说的象征界中的"女性"位置。这种下意识启动的性别偏见，也体现在 21 世纪初女作家、女性评论者面对"身体写作"事件的回应中。需要强调的是，指出这一点并不意味着主张分裂，而是说身处父权文化中的男男女女其实都需要"带着耳光印去读"（杜布拉夫卡·乌格雷西奇语："我们的人脸上都印着无形的耳光。"），而非满足于寻求单一性别上的舒适与共鸣。从这个意义上来看，无论高低好坏或主动被动，贴标签这一行为都不可避免地具有"抑止性"：一方面阻止被标签化者产生实质性的影响，另一方面使被标签化者在背离标签范围时受到更重的惩罚。

由"身体写作"衍生出的各种符号和景观，究竟与其本人存在多大程度的一致或反差，这件事并不重要，靶心是空的，关键是当时的读者/消费者投射在她们身上的幻想。反过来看，事后再去追责女作家本人多大程度上参与制造了那场女性身体狂欢，这件事也不再重要，因为幻想和标签一旦设立，即便拒认也会因"人设崩塌"而招致另一番指责。最终，事件以成也"身体写作"，败也"身体写作"的方式淡出舆论视野，但依旧值得反思的是处于成败之间的女性写作活动本身。正是从写作本身的角度来看，我们会发现，"身体写作"事件中的抑止性因素不仅来自外部，也出自女作家自身。

"身体写作"诞生的时代背景，一个不可忽视的事件是1995年的世界妇女大会。对本土女性主义研究和西方女性主义读本的译介和出版工作，正是在这一时期的女性主义氛围下集中展开的。不难发现，当时的许多女作家的写作也很大程度上受到她们当时所读的西方女性文学的影响，她们不仅经常引用玛格丽特·杜拉斯、西尔维娅·普拉斯等女作家的文本,也会频繁穿插对"女性主义"的反思及由此引发的困惑和动摇。由此看来,她们的写作无疑是在20世纪末的特殊语境中,向我们抛出了在当下重返舆论视野的一系列女性问题:身体自主、性解放、女性欲望、亲密关系、女性情谊、母女关系等等。

但不可否认的是,大部分作品对女性处境中的暗礁、扭结和紧张关系——而这正是女性身体写作的深层矿脉——不是处理得太过平滑,就是太快转向外部刺激并视其为替代性支撑而被一再地搁置。如今指出这一点,并不是要求彼时的年轻女作家交出像"那不勒斯四部曲"那样的成熟之作——兼具严肃和类型,在商业上也极其成功;而是说从写作生命的角度来看,费兰特们写了大半辈子才迂回抵达的地方,当时一些进行身体写作的中国女作家们看似在非常年轻的时候就轻松到达了;但在外部刺激中昏迷太久,不仅会遗忘写作之初的自觉意识和内在动机,而且一旦外部刺激中断,露出父权道德禁令的真面目,初萌的身体意识就会陷入震惊和收缩状态,并因缺乏内在动力而难以仅凭自身重新舒展。就此而言,当年位于聚光灯下的棉棉们,其实也在其写作生命初期,在灵气和才华崭露头角时掉进了自我抑止的僵局，在女性身体写作的道路上止步于"制造"，而非持续性地展开"创造"。

当下正是在女人们的说和写中铺开的时代。在如此氛围下重新翻开21世纪初的"女性身体写作"事件，我们可能不再在认知层面上对此感到新奇，但在女人们的说和写中培养起来的倾听能力，使我们更能够在字里行间重读出女性在身体－写作方面的"意难平"；此刻也是又一次掀起"女性主义热"的时代。"女性主义"终于不再像二十年前那样令人闻之色变，但另一种矫枉过正也在发生。它成了政治正确，成了安全词，在不同语境下被褒贬不一地套用在男人、女人身上。当年，有男性评论者说"（女性）身体写作"不可能成为主流，如今局面看似大为改观，但回想"哲学明星"齐泽克的自我嘲讽，值得警惕的是，当"女性主义"这四个字被捧上主流，是否意味着另一种层面上的取消？

如果说21世纪初，女性身体写作的命运因"内忧外患"而被抑止，那么如今摆在我们读者面前的另一道坎则是，当下信息生产／摄取方式的变化，正在改造我们每一位读者的阅读习惯／消费模式。在加速"偶像化"的当下，如何在此时此地重新打开女前辈们的故事，在其止步之处将女人们的说和写发轫下去，这是关注女性议题的我们需要自我攻克的难题。

问卷讨论：
女性与自传体叙事

1. 2022 年，法国作家安妮·埃尔诺凭借其对个人记忆和经历的书写获得诺贝尔文学奖。近年来自传体叙事在国际文学界也非常盛行，你关注过这一文学现象吗？你认为中国是否有类似的作品？

顾湘：我注意到的，但都没看……我平时不怎么看长篇小说，主要是我很爱看短篇小说和其他书，就没有时间看长的了，自传体小说一般都是长篇。

最让我注意的就是克瑙斯高了——那么多！根本忽视不了。"他到底写了什么啊？能写那么多"，这个问题只有自己去看才能真正得到解答。可是我就是没有看呀……看过几眼……然后觉得我不可能看完的，就放弃了。也许是我对别人的生活没有这么大的兴趣。

这样的书让我想到小时候看的一个故事：有个皇帝想造一个世界上最逼真的地球仪，为了真实，他就把地球上的山啊，树木啊，河流啊，都搬到他造的地球仪上，最后把本来的地球活活搬空了，没了，大家也都住到了那个他造的地球仪上，就是我们现在脚下的这个我们以为是地球的球。

看那么长的书，也是花费我的生命（时间）来关注别人的生命，包括之前出的马洛伊·山多尔的自传三部曲，我也翻了，也没有看，太长了，我想我是有点舍不得把我这么多时间花在看别人的人生上……我觉得他索取我这么多时间，我给不了，当然他可能没有想索取，就是自己想写写写，有强烈的倾诉欲什么的，只能说我可能不是他的读者。这种如此强烈的写作欲，怎么说呢，也挺厉害的吧，就……惊人。

栾颖新：埃尔诺获得诺贝尔文学奖，我非常高兴。因为我非常喜欢她的书，她的写作姿态对我产生了极大的影响。她的存在让我相信写作能通往自由，写作也能改变世界。埃尔诺获得诺贝尔文学奖这件事，是给整个世界传达一个信号——个人经历，尤其是女性的经历，值得被书写和关注；执着于虚构和非虚构的区分，或者说小说和非小说的区分，意义已经不大了。

我说不上关注某一个文学现象，不过我非常喜欢书写个人经历的书。我很关心作为个体的人如何在一个时代中生活，尤其是女性如何建立起自己的生活。我关注若干主题，这些主题与我个人的经历相关，与文学类别关系不大。举个例子：我从上大学起开始学法语，现在在法国生活，我很关注不出生在法国、法语不是母语但用法语写作的作者。我尤其感兴趣的是他们写如何学法语、与法语这门语言有何种关系。

我读不带虚构成分的随笔，比如目前住在东京、用法语写作的水林章 2011 年出版的《来自别处的语言》(*Une langue venue d'ailleurs*)；在加尔各答出生、母语是孟加拉语、用法语写作的舒蒙娜·辛哈 2022 年出版的《幸福的另一个名字曾是法语》(*L'autre nom du bonheur était français*)。

我也读在个人经历的基础上以虚构形式搭建起来的作品，比如波利娜·帕纳申科 2022 年出版的《闭口不言》(*Tenir sa langue*)。帕纳申科 1989 年出生在莫斯科，1993 年随父母到法国定居。这本书的标题是法语里的一个表达，意思是"谨慎地说话、不要泄露秘密"。Tenir 可以理解为"把持住""握住"，langue 则一语双关，既有"舌头"的意思，又有"语言"的意思。帕纳申科用这个标题玩了一个文字游戏,因为她在这本书里表达的还有另一层意思,即她如何通过巨大的努力保持住了自己的语言。她的语言不仅是她在学校接受教育时听到的法语,还是在家里跟父母说话时用的俄语。她努力掌握这两门语言,并且不混着说。

总体而言,我对不用母语写作的作者的经历都很感兴趣。我很喜欢住在德国的日本作家多和田叶子,尤其是她的随笔集《用外语写作:走出母语的旅行》(エクソフォニー——母語の外へ出る旅)。

在中国书写个人经历的作者当然也很多!写自己的经历这件事,不分国家。我一直认为一切写作说到底都具有自传性。我非常喜欢庆山(曾以安妮宝贝为笔名)的随笔,我从高中时开始读她的书。她的随笔写城市生活、写旅行、写她与父母和女儿的关系……

我也非常喜欢苏枕书的随笔,她写的文章一直给我很多鼓励,让我意识到原来我们可以更勇敢地去表达。

三三:女性写作与自传体叙事似乎是同时变得热门的,很难不关注。

国内的自传体叙事作品也不少,比如杨本芬的《秋园》、虹影的《饥饿的女儿》等。郁达夫的《沉沦》《春风沉醉的晚上》可谓中国自传体小说最初的体式。另外，我最近恰好重读了张爱玲的自传三部曲：《雷峰塔》《易经》《小团圆》。这一系列自传体叙事小说，是我最喜欢的张爱玲作品。基于古典文学修养，张爱玲年轻时的作品就非常成熟，但这种完整多少仰赖于巨作的照拂。而晚年写自传三部曲，或许也有跨语言的缘故，张爱玲找到了属于自己的语法，简洁、精准。自传体叙事与记忆相关，而记忆有时很像一个个细小的伤口——因为在那一刻受到某种感应力量的冲击，自我被划破一片，愈合后形成了记忆。张爱玲的记忆经过时间筛选，留下的是最精粹闪亮的部分。在《易经》中，她更是难能可贵地直面了她一生的劲敌与伤害来源：母亲。诸种勇气的起落，十分动人。

于是：诺贝尔文学奖颁给埃尔诺，我觉得是为了肯定两种长期被排除在文学正典之外的写作实践：其一是书写女性生命体验，其二是以个人记忆为入口，展开对时代、集体、阶级的真实记录。

刚开始看埃尔诺写父母，我并没有感到太大震撼，只觉得够真实。直到看到《看那些灯光，亲爱的》，才意识到她一直在实践（事实上很难以为继的）从"第一人称自传"到"社会性自传"的写法；再看到《外面的生活》，意识到这种写法确实有人类学式的田野笔记功能，在瞬息万变的当代，时间会给这种实践带去光彩——因为当下看当下，必定两相生厌，必须相隔数十年，当时的琐细记录才会让人惊奇、感叹乃至陷入深思，时间会让文本升华为文献。但，事实上，这是很考验写作者的一种写法，因为太难获得名利，太难引发热议，也太难坚持（试想埃尔诺的"超市日记"持续三年、五年，乃至五十年？）。埃尔诺写母亲罹患阿尔茨海默病被送入专门机构养老，写得很痛，甚至很不完整。同样的题材，世界各国都有人写过，仅仅在上海，我和薛舒就都写过。但我们谁也没有像埃尔诺那样把这种写法坚持了一辈子。

我更感兴趣的是《相片之用》，这是她和恋人共同完成的图文作品，私密但不色情，甚至可以说很有延展性：在那些衣物、器物和文字中能看到时代，也能看到作为整体的两性和作为个体的两性的不同。这也是一种自传，和被拍成电影《正发生》的《事件》一样，直指最隐私的体验。而且，这本书提示了很重要的一点：所谓自传，必须有他人的存在和介入，没有绝对客观的视角，没有绝对的、全方位的真相。

问题在于,即便有了诺贝尔文学奖的认证,是不是每个人的自传都能成为作品?如果是,文学的领域就将被无限撑大,对文学价值的界定也要改写。甚至,出版方式也该随之改变?

周嘉宁:2000年前后的陈染、虹影、林白的小说。我在高中和大学时期读到的,给我带来惊异的阅读启发。最近我在读棉棉在公众号上连载的新小说片段,用她的话来说,"我要用很多很多细节铺垫还原出那样一个上海,那是一个高度概念化的宇宙,一个多种政治和文化融合下迸发的、短暂的个人的奇迹"。

张怡微:其实我没有做过很仔细的研究。但我想诺贝尔文学奖的重要性,是代表着一种新的审美方式的预判。我不懂法语也没有去过法国,所以给不出准确的判断。不过,我会想到"那不勒斯四部曲"第三部中的一个细节:作为作家的莱农写了第二部小说,是以她出生街区的谋杀案作为题材。她把这部小说送给天才女友,莉拉看了这部小说非常反感。为什么很反感,她说自己不喜欢这种写法,或者你(写的）就是真的，或者就是完全虚构的。

当我们去写一个真实的东西，把它当作主体，加上想象，这违反伦理，是我们很容易犯的错误。纪实小说所有的细节、人物都是真实、客观的，不能在里面想象，你只能去认识，只能去发掘它的内涵和资源，你不能去假造它。莉拉能够识别真实的情况是怎样的，又知道不真实的情况是怎样的。真实不是我们（小说家）一定要做的事情，小说家给的东西是她的认识，她可以很油滑地不负责大家的认识，但是至少从莉拉的角度来看，篡改和想象这件事是不对的，甚至是很坏的。没有一个作家可以回避这个困难的话题。即使他们未必想谈。所以我在想，自传体叙事、自传体虚构，包括安妮这种模糊边界的创作，其实是打破传统伦理的文学话题，确实是一种新的趋势。

2. 自传体小说和自传体回忆录有什么不同（在写作方法、读者接受等方面）？

笛安： 我想自传体回忆录本质上还是属于纪实文学的范畴，是非虚构类，而自传体小说本质上依然是虚构。这就是说，即使是自传体，也不能完全当作家本人的自传去看。当然，在这里，究竟该把小说中的情节和作家本人的经历做多大程度上的联结，是一个问题。至少从我自己的角度来说，既然是虚构类的小说，那么我还是首先把它当成一个作品，那个主角或者叙事者，即便与作家本人的经历有再多的重合，我也首先把他或她当成一个人物。所以评价一本自传体小说写得好不好，跟评价一本非自传体的小说，对我来说是完全一样的：看结构、作者的语言与节奏、叙事的基本功、如何营造氛围以及在氛围中推进和延展自己的叙述、如何处理"叙述者"和"主角"之间的关系等等，这些评价标准都是基本一致的。如果我是在阅读一本自传体回忆录，则完全谈不上有什么标准。有的文笔好，有的写得有趣，有的能满足我看热闹的八卦欲，有的能帮助我了解某个历史时期或者某些具体的历史事件——能满足任何一条如上标准的，我都会愿意阅读。

顾湘： 我上大学的时候看了纳博科夫的《说吧，记忆》，很喜欢。但我是先看了《洛丽塔》。

我也看到有些书是以特别的经历、题材吸引和打动读者的，而不是这个作者本人预先吸引读者。那也很容易理解。

我问过一些人看《我的奋斗》是什么感受，他们说，就是"虽然是大部头,但是很容易看,很顺畅,就一直被带着走"。

颜歌:autofiction的落脚点还是虚构,因此它可能是无限接近真实但不和现实,或者是作者所认为的现实重叠。在蕾切尔·卡斯克或者本·勒纳的自传体小说中,他们都给了他们的第一人称主人公一个虚构的名字,以此来指涉他们的作品和真实之间的缝隙。memoir(回忆录)的落脚点是非虚构,因此在写作方式和伦理考察上都有不同的要求。

很多最近出版的autofiction都在表达一种文本上的实验性,把虚构、自传、研究性散文都熔炼到一起,所谓的类型融合(genre-bending)。这种文体的熔炼性也是很多人更关注autofiction的原因。

于是:有些作家写着写着,自传就变成了小说。有些作家本想写小说,写着写着就变成了自传。有些作家更狡猾,说是自传或小说,其实是别人的回忆录。我猜想,总会有一些作家在写的回忆录里,回忆的是他者、是谎言、是口号……那不是小说,但可能胜似小说。

有些读者爱看小说,追求的是好看、流畅、有戏剧性、有描写、有文采、有娱乐性……有些读者偏偏不爱小说，因为文史哲更真实、更长知识、更有文化。事实上，文史哲也有不同写法，看科学家的回忆录比看科普图书更益智。

有些作家以为自己写的是小说，但被读者读成了自传，那也挺好的，不是吗？（其实，有读者要看书，就已经是出版界和作家的福音了，我们还分那么细干吗呢？）文学世界里，作家和读者本该是自由自在的，但"上架建议"之类的商业划分体系导致大家习惯性地要去分类。我个人从来都不喜欢分类，因为分不清楚的，谁也划不出非虚构和虚构之间的界线——只写部分真相，算非虚构吗？谁能保证写出了一切真相？自传体在这方面有优势，因为先天就具有主观性。

"回忆录"看起来更严肃，好像是大人物才能做的事情。试把《我在北京送快递》翻译成《北京快递员回忆录》会不会更贴切呢？应该不会，因为"我在……做什么"这个句式更像是进行时态。《一百年，许多人，许多事》才是当之无愧的回忆录。

张玲玲： 二者的共同点是：（1）经验叙事；（2）具备一定长度（作品体量及叙事时间）。不同在于，过去很长时间内，自传体小说允许不同程度的虚构，而自传体回忆录则要求全部的真实，同时，撰述者需具备一定的传奇性，他应是大历史的缔造者或亲历者。简言之，前者属文学范畴，后者考量的是史学价值。

近几年回忆录的写作（跟着史学研究转向）越发倾向于普通人（小人物）叙事、日常叙事，简言之，向着过去小说的领域倾侧，唯真实之诉求不变；而自传体小说仍归属小说的大门类，其变化更为复杂。

张怡微：就如对第一个问题所说的，至少较为主流的看法是，小说是虚构的，回忆录是非虚构的一种。但读者要如何甄别回忆录的真实性？如果我们以社会学、人类学的研究方法去采集口述材料，事实上也需要识别的知识，需要交叉验证，需要推断谎言背后的文化束缚或者说政治束缚。我猜想，所谓自传体回忆录的伦理风险要大于自传体小说。借由"回忆录"这样的方式，叙述性诡计有更多的发挥空间，产生被遮蔽的灰色地带，这确实是构成悬疑或者解谜的重要部分。

3. 关于自传体叙事（包含小说与回忆录），你有比较喜欢的作家或者作品吗？

笛安： 有。我看到这个问题时，首先想到的就是虹影的《好儿女花》，这是我非常喜欢的自传体小说。虽然她本人讲过那里面的事情都是真实发生过的，可是抛开这些，就是纯粹当成一本小说来看，我依然会被其中人生的艰辛，以及女主角的挣扎，还有那对母女复杂的关系所深深触动。

顾湘： 除了《说吧，记忆》，我还喜欢一本叫《我的俄国母亲》的书，那本书只有薄薄一小本。

栾颖新： 我很喜欢波伏瓦的回忆录。人们在谈论波伏瓦的时候往往立刻想到《第二性》，其实她还写过很多别的东西！她的回忆录系列里的第一本《一个规矩女孩的回忆》，我非常喜欢。我很佩服波伏瓦能记住那么多小时候的事！如果说读《第二性》让我感慨波伏瓦对性别问题的敏锐（《第二性》是1949年出版的！），读她的回忆录则让我看到了她觉醒的过程。

不局限于作家的话，我也喜欢历史学家写的自传性作品。其实，我感觉目前文体和学科之间的界限都在变得模糊，很多打动人心的作品往往没法被塞进任何单一的文学类别里。或许也可以不那么执着"一个文本到底属于哪一类"这件事。

法国的历史学界有书写自身经历的传统，自从法国历史学家、曾在伽利玛出版社当编辑的皮埃尔·诺拉在20世纪80年代开创了"自我史"（ego-histoire）这个类别，大量法国历史学研究者写下了自传性叙述。以研究法国中世纪史著称的法国历史学家雅克·勒高夫曾参与诺拉的"自我史"计划。这些文本因为带有历史学的视角，往往更好看。此外，诺拉本人近年来出版了两本自传性叙述作品，分别是《青春》（*Jeunesse*）和《奇怪的执着》（*Une étrange obstination*）。

以研究女性史著称的米歇尔·佩罗2023年出版的《多种女性主义的时代》（*Le temps des féminismes*），从形式上看是访谈录，实质上是自传性叙述。她在这本书里讲述了她的成长经历，尤其是如何走上研究女性史这条道路的过程。她真诚、慷慨，分享了很多宝贵的经验。以研究中世纪史著称的意大利学者基娅拉·弗鲁戈尼写的《即便是星星也会分开》（*Perfino le stelle devono separarsi*）也非常好看。

于是：最近印象比较深刻的是本·勒纳的自传体小说《我拒绝成为天才鹦鹉》，这位学者型的作家把自己的青春岁月写成了三部曲，这本应该最具有小说的格局。他的优秀在于不仅追溯了典型的精英白男的成长，还时时刻刻、与时俱进地用理论化的头脑去加以分析。因而，他不仅是在写故事，还在分析国情，揭露白左时局中的美国人的种种劣根性。

与之相比，克瑙斯高的一系列自传体作品没有那么咄咄逼人，也没有美国自带的戏剧性，映照出的是散文体的天然光辉，当然，还有北欧生活方式的节奏感。这样的自传体叙事不烧脑，永远读不完，就像在和朋友聊天。

我确实很欣赏《一百年，许多人，许多事》这本回忆录的写法：如何处理口述材料是门大学问，余斌用很多年聆听、整理，就像对待古宅要修旧如旧，用杨苡的第一人称口吻写出了这部珍贵的回忆录。

当然，要说最精彩，三岛由纪夫的《假面的告白》和《太阳与铁》始终是我心目中的前三必选项，是内心隐秘和文学手法的完美融合。

张怡微：我很喜欢《阿加西自传》，虽然我知道那个署名"阿加西"的作者不是阿加西。另外就是《她来自马里乌波尔》,不知道算不算自传体叙事。其实传统的回忆录还是很多的,例如郑念的回忆,或者曾志的传记,读来都非常震撼,她们都很强烈地表现了女性和动荡时代的紧张关系。

4. 你认为男作家和女作家在自传体叙事中的追求和表现有什么不同吗?自传体叙事是否为表达女性观点提供了独特的平台?

三三:性别是一个相对的标准,但并不绝对。根据我的阅读经验,在自传体叙事中,男作家似乎更倾向于讲述情节,并且轻易就能找到自我与外界的联结方式(即使是相斥的),比如三岛由纪夫的《假面的告白》、毛姆的《人性的枷锁》;女作家则更注重自身的感受,心灵内部的活动居多。如果把男作家的写法视作一条直线,那么女作家的更多像是辐射前进的。

在我所读过的男作家的自传体叙事作品中,汉德克的《无欲的悲歌》相对碎片化。同为记叙去世的母亲,可与安妮·埃尔诺的《一个女人的故事》做对比。二者的开篇方式似含有一种隐喻,可见男、女作家在自传体叙事作品上的差别。在《无欲的悲歌》的开头，汉德克以当地一份报纸对母亲的报道入手，接着转入对母亲死亡的感受。《一个女人的故事》则更直接，呈现现实中发生过的情境，以护士在电话里的死亡通知开头，书写母亲遗体的模样。从坦诚的程度上来看，两位作者是接近的。《无欲的悲歌》非常坦诚，甚至让汉德克不安："但是在写这个故事时，我偶尔会对所有那些坦率和真诚感到厌恶，渴望不久后能够重新写些可以让自己撒撒谎或是伪装自己的东西。"但这恰恰是女作家所擅长并且能从中得到治愈的地方。

至于第二个问题，我不完全同意。观点不分男女。即使如此，似乎还是女性更容易听见自己内心的声音。尽管被压抑，尽管语调中常混入他者的审视，但仍有一部分女性，非常善于进入自身的感受。

于是：我觉得这件事上不分性别，但有个性和身份的不同。

前阵子我看了段义孚的《我是谁？》，算是挺典型的精英知识分子自传吧，从孔儒家教到国际大事，从中西文化对比到对矿物、对自然、对地理的热爱……中规中矩、四平八稳，而且，不乏这类写法的自传的特点——引用很多名人金句。

前阵子还看了《当你还是异类的时候》，岛田雅彦通篇用了第二人称来写自传，要说结构，和段义孚的并无二致——跟随人生的时间线，但阅读体验却有云泥之别。换言之，看自传，最能看出传主（作者）的性格特点。

比如《暮色将尽》，老言无忌，极尽坦诚。《未经删节》提到了不少文坛名人，但举重若轻，不八卦，不撕破，不给自己扬名立威。这两本书足以让我们了解阿西尔这位职业女性的品德和意趣，她在情爱方面的选择显得很自然，简直会让我们忘记她在那个年代那样做是需要很大勇气的。再比如《只是孩子》和《秋园》，看起来完全不同，但在我看来是同一种：其回忆本身就是爱在时间里的流淌，爱对伤的舔舐。

张怡微：从中国传记的传统来说，普通男的也没有立传的需要，不管是他传还是自传。沈从文在很年轻的时候写自传，甚至先于他重要的文学作品和人生转折，从作家的生命史来说，是很重要的研究材料。去年有一本书——《暮色将尽》很火，我猜想可以将其看作这些潮流的一部分，这个潮流当然是包含着一些女性立场和看法的。

5. 自传体叙事可能导致作者本人得到比作品更多的公众审视和评论，你如何看待这种公众关注？女作家究竟因为这种关注获益还是受到损害？

笛安：这个是没办法的事情，或者说这是"自传体小说"所带来的必然的后果。因为毕竟"自传体"这三个字就是会勾起大众窥探的好奇心。作为女性，或者再准确一点，作为在东亚文化里长大的女性，可以肯定，她的自传体小说必然会对一些人构成冒犯——因为我们的文化里确实存在太多"确实如此，但是你不能说出来"的东西，自传体叙事必然会带出来某种坦白，甚至非常隐秘的袒露。至于这种关注带来的后果，根据各位作者的承受能力而定吧，不能一概而论。但是同时，我个人觉得，既然我们强调"女性写作"有一个意义，就是女性自己就是叙述者、描述者，以及下定义的人，不再安于一个"被描写、被叙述"的客体性位置，从这个意义上讲，所有的关注肯定对"作为叙述者的女性"这个角色是有积极意义的，对女作家群体来说也有积极的意义，哪怕在短期内换来的只是误解和否定。

顾湘：有出现一种以简单粗暴的切入来指摘别人的风

气,很不好。那些人抛弃了复杂性,摘出一个他自己想要的标语、一个他想象中的东西,对所有人(包括他自己)都是损害。

栾颖新:说到底,这种关注或许是因为人们还没有习惯一个女性讲述她的经历和表达她对这个世界的看法。随着写作的女性越来越多,人们一定能读到越来越多的、各式各样的作品,可能日后就不会这么一惊一乍了。

有关注总是好的,有就比没有好。有关注书才卖得动呀!此外,这种关注也会让越来越多的女性意识到:哦,或许我也可以写写我自己的经历呀!关注会转化为行动和联结。

正如德博拉·利维在谈及她喜欢的杜拉斯时所提到的那样,女性想要写作的话,需要一个强大的自我。我很受启发。我在努力建立起这样的自我。强大的自我能让我们在面对不那么善意的评论时不至于放弃。要相信自己要写的东西值得一写。

三三:有意思的是,许多非文学界的名人都喜欢写自传。多是口述,由一位未必署名的作者写下。在撰写过程中，很多事件并非依照原貌——也许是叙述者的长期记忆变得模糊，也许是出于某种社会影响力的考量，也许是有些人就想留下神话。

这样的现象是否隐藏着一种情况，即公众很容易以八卦而非文学或命运的层面去进入一段自传体叙事？坦白而言，我对公众的关注充满恐惧。在幼年代表学校参加各种比赛的时刻，我就意识到，他者对我的审视中充满误解，无论是期待过高还是低估。然而，面对这种必然存在于关系中的交流偏差，一个女作家可以做些什么呢？坦然，更坦然！没有什么获益或损害，"成为自己"本就是一件健康而迷人的事，甚至与它的效应无关。当我们找到更重要的事物时，一些次要的东西（无论是否会造成伤害）都会变得温和起来。

颜歌： 从我个人的观察和感受来说，自传体叙事的作家的私人生活并没有比纯虚构的作家得到更多或者更少的关注，这种关注的强度更大程度上和作家、作品的知名度相关。我个人没有读到或者听到过因为自传性写作而对作家的私人生活有讨论的内容。在最近这些年里，我的确有读到越来越多的女性作品，非虚构或者虚构，是以女性身体／性别／母职／非母职作为主题。这些作品越来越从我们作为个体和性别的个体出发，最大程度上取消了男性凝视，从题材探索的深度和文学表达的方式创新上都非常具有启迪性，让人振奋。我马上想到的有玛吉·尼尔森的《阿尔戈》、希拉·海蒂的《房间里的母亲》、多伊雷安·尼戈里奥法的《喉中魂魄》（*A Ghost in the Throat*）和凯特·布里格斯的《长篇大论》（*The Long Form*）。

于是：从埃尔诺写的《事件》（*L'Evénement*），到《黑箱》《知晓我姓名》，自传显然让很多受伤害的女性有了伸张正义的平台，但这类文本是否真的进入了文学界呢？写作更像是埃尔诺的自我存在的方式，因而可以走得更长、更远。写作是表达的工具，而不是用来完成人设的品牌文案（请参考诸多女性名流的"自传"），如果写作者能反哺"写作"这种艺术、"写作"这个领域，我觉得才算是真正的写作者，作品才会比作者本人的私生活更受关注。

张怡微：我觉得很难在短时间内评判。有一些凝视和审判不是文学意义上的，文学只是一个媒介。文学和八卦的渊源，赋予了这些眼光土壤。

6. 你认为自传体小说这一体裁是否可以作为单独的类型存在？为什么？以往也有基于作者经历的文学性写作，自传体小说的出现在文学层面上做出了哪些创新？

笛安： 我先回答后一问吧。首先一本小说，除了处理小说里的所有角色，还有一个极为重要的工作被人忽略，就是所有小说里都有一个看不见的"叙述者"，这个"叙述者"不会出现，但是"叙述者"的人格直接决定这本小说的腔调。换个说法，有的时候你明明觉得这个故事其实也没什么，但是这本小说就是有吸引你读下去的地方，这就是"叙述者"在起作用。我一向坚持一个观点，平衡好"角色"与人格化的"叙述者"之间的关系，是一个小说家非常重要的功课之一。让叙述者无比可爱，或者动人，却又隐于无形，就是顶级的小说技巧。从这个意义上讲，"自传体小说"的特殊性在于，它模糊了"叙述者"和"主角"的界限，甚至很多时候将这两者统一了，所以客观上说它降低了某些小说技巧的难度。当然，我不是说自传体小说就更容易写好——经典的自传体小说同样非常难得，我只是说，客观上某种从技术角度来说非常难处理的命题，有可能被它先天性地规避。所以现在我可以回答第一问，我认为"自传体小说"拥有某种特殊性，但是还称不上是一个单独的类型。

因为在我的认知里，"类型"是指阅读这类小说的时候，读者和作者天然共享一个契约。最典型的例子就是当我们阅读一本侦探推理小说时，最后侦探总是会抓到凶手——如果是本格推理，这个凶手一定存在于出场人物之间，我的推理小说阅读量非常大，至少在我的经验里没见过哪本推理小说里的侦探在结尾处承认自己找不到凶手是谁——这个就是契约，作者必须提供谜底给读者。所有可以独立成为类型的小说，都有独属于它的建立于读者和作者之间的契约，"自传体小说"不具备这个。

顾湘：嗯，其实我也没想明白，但也是想过的。很多作家，他们写的即使不是自传体小说，小说里也有很多很多自己了，自己的经历，自己的观点、想法、感受，虽然不一定是直接呈现的，哪怕科幻小说什么的，里面也有大量的作家自己，比如冯内古特，都是融化进去的自己。所以其实我不知道、想不好关于写自传体小说这件事。要不要直接端上自己的人生，每个人想得不一样。我觉得很早以前应该就有想要书写自己人生的人吧，毕竟有这种想法很自然，好像很早以前就有女性（某个伯爵夫人？）写自传性质的小说。

于是： 当然可以，但没必要。如前所述，我反对分类。

最近我在看《无条件投降博物馆》，同样是追溯往事，她笔下的老照片、意大利女裁缝、偶遇的克里斯塔……读来是有文学性的。在编织素材的时候，她的做法和托卡尔丘克很相似（虽然文风有很大差异，乌格雷西奇的这本更甜），是看似随心所欲但其实保持内聚力的星丛式。我隐约觉得，这两位东欧女作家都用了这种写法肯定不是单纯的巧合。或许，在战争中流散的体验已进入那些人的基因，注定在他们的回忆中、描绘中、诗歌中不断复现，只有这样的文体才会让他们的表达更舒适。他们的自传，从来都不是一个人的回忆。这种集合散文和小说优势的文体会让更多写作者获得更大的自由。

显而易见，自传体消解了曾一度辉煌的小说文体。自传体自带新闻报道所需的 5 个 W（Who，What，When，Where，Why）和 1 个 H（How），也能满足传统小说所需的情节或结构上的意趣，好像只有疯狂的后现代小说能免受其影响，但未来也可能出现"后设自传小说"这种看似自相矛盾的东西。

张玲玲： 可以。

所谓类型,我觉得主要是看是否存在一定的叙述模板或样式。标准的自传体小说(以西方为例)其实包括了几个基本要素:童年、亲人、家庭、强烈的主观色彩和个人经验。它脱胎自成长小说,有着较为清晰的人物觉醒的轨迹。20世纪初,尤其"一战""二战"之后,自传体小说被视为抵抗虚构和保持文学叙述之间的折中方案,从而获得了较大的发展。演变至今,诸多规则已被打破,但还是存在着一定的区域重合度(譬如个人性、回忆性)。在今天,我们界定一个文本是否为自传体小说,大概还是看作者的承认,或者说,是否与他的公开经历相近,否则只可作为一种解读方式,而无法划归为自传体此一类型。

我想,其贡献大致是这几个方面:一、质疑传统小说的虚构性,打破了真实和虚构的边界;二、对主流叙事、宏大叙事进行颠覆或补充;三、叙事从外部转入内部,对于世界、存在和自我的体察也更为深刻;四、建立一种真挚、坦率的话语(至少是文本意义上的),于读者,则是一种亲密;五、以自我为素材,实际上降低了叙事的难度(想象和写实是困难的两极),从而使得创作者数量激增,而具体的创作者才是文学获得革新的主要原因。

张怡微： 我觉得还不是很成熟。就和家族叙事一样，不是每一个家庭都值得被作成史诗的。也不是每一个人都有必要有自传。

7. 针对近些年并不鲜见的以女性个人生活为素材的小说作品，批评界有声音认为这类写作"过于自恋""过于狭隘""缺乏想象和虚构能力"，你对此有什么看法？

笛安： 我的观点是，既然是小说，别管"小说"二字前面加了什么样的定语，它首先是一部小说，判断它是不是一部好小说，其实我们按照通常文学评论的标准来就够了。"自传体小说"想要写好也是一件极为难得的事情，你可以评价它写得好还是不好，但是"自恋"或"狭隘"这样的评价大可不必——所有的小说家都是自恋的，而且更重要的是，自恋的小说或者狭隘的小说并不等于它就不是一个精彩的作品。就我的阅读经验而言，有没有又狭隘又动人又精彩的小说？当然有。至于是不是缺乏想象和虚构的能力，我想说，自传体小说并不是就不虚构，只是这位作者在写这个作品的时候不想编太多故事而已，不能从此推导出他或她就不会编故事。因为题材而对某类作品预设立场，这是一件非常遗憾的事情。

顾湘：因为我没怎么看过，所以不好说。不过看到"缺乏想象和虚构能力"，我觉得这又怎么啦？纯靠编出来的小说不一定好。无所谓有多少是真的、有多少是假的，写出来好就是好。自恋和狭隘也是，"过于自恋"和"狭隘"固然是不好的形容，但如果"自恋"和"眼光只集中在自己的生活上，只对自己的事感兴趣"，我觉得也没什么不好，也是只要写出来好就是好。盯着自己能写好就是好。有的虚构小说，你看那个作者也自恋得很呢。而且从我看到的短篇小说来说，自恋的男作者比女作者多得多，那个自恋程度也更大。

栾颖新：我觉得女性作者没必要因此反思自己。女性已经花了太多时间在自己身上找问题、找毛病了。打个岔，2022年底埃尔诺的中文译本刚开始出版的时候，我曾在豆瓣上看到一个评论，标题我根本忘不掉——"新晋诺贝尔文学奖得主安妮·埃尔诺水平一般"。哈哈！好笑吧？我感觉有些人对女性作家有着另一套标准，对男性作家则格外宽容。

再打个岔,是因为我是女性,才收到了这些与女性作者和女性写作有关的问题吗?正如埃尔诺在《写作是一把刀》中敏锐指出的,"男性写作"这个说法不存在。人们是不是本身就对"女性作家""女性写作"有先入之见,或者说有刻板印象?这些东西的危害很大。

这些针对女性作者的批评是一个陷阱,是为了让女性感到顾忌、害怕,进而放弃表达自己。不要掉进这种陷阱。如果占全世界人口一半的人的经历都不值得写,那我也不知道还有什么值得写。

女性写作是一场争夺话语权的战斗。不应该再让那些不知道我们到底在经历什么的男人替我们解释我们正在过的生活了。

写作能改变世界,这一点是我在埃尔诺身上学到的。

三三:深有感触。

我既渴望回应这些作品散发出的对生活感受力的召唤,又难免在一些段落间批判作者的"自恋"——这种"自恋"也包含着自我审视。这种矛盾的感受,在读杜拉斯的《1962—1991私人文学史》(尽管不是小说)时,尤为显著。杜拉斯展示了一个非常确信的自我,我很难不受到这样一颗自由浪漫的心的鼓舞。但我上豆瓣搜索它的评论时,也有好几条说她"自恋"。

为何会如此?仅以自己为例,我找到了一些初步的答案。一是文化环境差异所致的人的不同。我们脑中的观念,多是从外部环境习得的,许多声音并不属于我们自己。对此类作品的"自恋"的批判,来源于社会结构赋予我的用于自我审视的道德标准,同时也是对自己缺乏勇气承担如此自我状态的一种回避。然而,我在感受上是认同这样的作品的。不仅因为淹没于嘈杂日常的我在阅读中被唤醒,还因为我相信这种对体验的捕捉,更接近"真实"的文学创作,它与现代人的存在形式也更契合。第二,一个坦然率真的自我和"自恋"之间,也许仅一步之遥。人被各种事物所迷障,即使这一刻真实,下一刻也可能落入幻觉。因此,要把自己的生活体验写好非常难,只有文学技巧上的才华远远不够,还需要作者真挚、谨慎、坚韧、有耐心。詹姆斯·马什拍过一部纪录片叫《走钢丝的人》,书写自我生活的女性作者,又何尝不是在走钢丝?

至于"过于狭隘""缺乏想象和虚构能力",又分别是另外的问题了。我想说的是,这些论断只能作为作者在写作过程中的自我提醒,让自己尽可能不要陷入那些境遇,但以外界评判的方式出现,则相对暴力了一些。

于是: 这个问题让我想到二十年前……讲真,有那么多宏大叙事可以看,偶尔看看真实的私人生活不好吗?

正经的回答(1):可以让你认为"过于自恋和狭隘"的作者自行成长,乃至老去,问题就都解决或自动消失了。

正经的回答(2):我认为,很多以男性生活为素材的传统经典作品的"想象和虚构能力"更令人担忧。

周嘉宁: 批评界的这种声音已经持续了二十年,本身就变得自恋、狭隘、缺乏想象和虚构能力。而性别的处境和个体意识的解读在近十年中都在剧烈变化,形成新的浪潮。相比陈腐的发言,我在意更有力的事物。

张怡微: 女性写作不成熟,恰恰是需要更多女性来写作的机遇。我的看法就是,女性广泛参与写作,就是挺好的。

8. 你写过或者考虑过写自传体小说吗?

顾湘: 我想过这件事,就像我刚才说的,想表达、想记录，有点想纪念的东西，是很自然的事。但我也没想好要不要写，好像也没十分想写。我已经把我自己"缓释"到其他小说里去了，那些小说里都有我。要不要再专门定睛写自己呢？我对别人的人生没那么多兴趣，我觉得别人对我的人生也没那么多兴趣，我也不觉得我应该让别人来看一看，没那么值得看。要不晚年再说吧，说不定老了忽然就很想写了。反正现在是觉得，对我来说，我的人生，就和我前面说的别人的人生一样，都不是我最感兴趣的事情，暂时没有时间花在这上面。

三三：2018年，我的舅舅因心肌梗死去世。我曾以其葬礼前后的经历为素材，写过一篇叫《暗室》的小说。之所以会写一篇如此切近真实生活（几乎是等比例地将现实翻译过来）的小说，纯粹是因为无法忍受死亡迎面而来的感受。当然，这是一个意外。假如以后我能找到自己存在的价值，会再次考虑写自传体小说。

于是：说到现在，"自传"这个定义还没搞清楚：究竟要把自己书写到什么程度、涉及哪些内容、时空跨度多少、宗族范围多大，才算自传呢？如果只写我人生中所有的夜晚，那算自传吗？如果只写我做过的梦呢？如果用我的所有购物清单来写呢？如果用所有抛弃我、鄙视我、欺骗我的人的口述来写呢？

在搞清楚这个定义之前，我写的可能都是自传，或可能永远写不出自传。

周嘉宁：在自我意识不清晰的写作时期可能写过，不堪回首。目前不会考虑，因为自我意识仍被压抑在自我保护的安全区域内，现在写可能不是什么好事。

张怡微：我的经历没有这样好的叙事条件。

9.你认为在中国，女作家书写自传体小说，将会面对比男作家更大的困难和挑战吗？

顾湘：可能会的吧，我觉得有些男性有点爱抱团，对女的也更苛刻，会有点想要打压女性。

另一方面，不分男女，我觉得把自己剖开来、端出来都挺难的，现在的人都挺苛刻……

栾颖新：以目前的情况来看，我觉得不论是在中国还是在其他哪一国，女性要写作，不论是写什么，都要面对比男性更多的困难和挑战。我不是悲观，我是觉得我们需要先承认一些事情，然后才能在此基础上去做出改变。

以我自己的经历为例，我在很长的一段时间里并没有被鼓励去写作。人们告诉我：作家不是一个"正经"的职业，只靠写作难以糊口（这一点我同意），还是要干点"正事"。大学里的学院气氛则鼓励年轻人"坐冷板凳""低调做人""不要出风头"……似乎人人都在卧薪尝胆，在沉默中"憋个大的"。这些东西曾经在我身上起过作用。有一个阶段，我曾尝试掩盖自己身上"文艺"的一面，以此显示自己是个认真的学生。可是这让我很不快乐，因为这不自然。

后来，我得到了朋友们的鼓励，尤其是苏枕书和李茵豆。我开始试着写写，结果发现我写得很好，而且我在写作的过程中非常快乐。我发现我绕了一圈，最后还是找到了写作这件事。但是，我不知道有多少曾经也想写作的女性，因为被周围的人打压放弃了写作，甚至是放弃尝试写作。

女性在日常生活中往往要花比男性更多的时间投入具体的事务，这些事务可能包括采购、做饭、打扫、照顾孩子、照顾丈夫、照顾老人……我无法完全列举，因为女性做的事实在是太多了！而且很多都没有被人看见。此外，女性在做事的同时还在操心！这部分更是不可见的。女性想要找到充足的时间写作，实在是不容易。即便是在性别平等程度姑且还算可以的法国，女性也面临这样的局面。

近一百年前，伍尔夫说想要写作的女性需要属于自己的房间。但我觉得这还不够，因为想要写作还需要属于自己的时间。

这些问题不仅是想要写作的女性面对的，但凡想要在这个世界上干点什么的女性都面临这些问题。在这里，"问题"这个词，也可以被翻译成"不平等"。为了改变这种局面，女性应该团结起来，互相加油打气，而不是互相拆台。而且要努力让身边的男人明白：世界已经开始变了，要赶紧跟上形势。我们这个时代人与人之间相处的方式正在发生很大的变化。

于是：会。

如果自传体小说的范本是父权体制鼓励的精英书写，那就肯定会。

无论什么性别，真正的困难和挑战是如何突破自传的局限，把自传体写好，甚至比传统小说和新闻报道更好。

有趣的是，我注意到部分男作家在意识到两性问题后感到处处掣肘，也许，相比自我坦诚、自我觉醒的女作家，不得不反省、改造自己的叙事和思维方式的男作家其实更难做？就像本·勒纳在写和女朋友亲热时，不得不唠叨一番自己是多么赞成女权。这和弗兰岑在《自由》中糟糕且直白的性描写、菲利普·罗斯在《萨巴斯剧院》中描写的无赖又淫荡的情人关系……相比，算是一种进步吧？

张玲玲：不认为。

事实上20世纪以降，从绝对数量来看，在国内的自传体小说书写中，女性创作者的比例远高于男性。这几年数量上依然如此，但内容方向上略有变化。一点粗浅的观察：一、较之于20世纪八九十年代和21世纪初，自传体小说的数量和体量均有所下降；二、越来越少的作者愿意承认书写文本和真实经历之间的对应性；三、非虚构性更强，叙述重心从情感生活转入底层经验，撰写者多为素人作者。我想这些变化确实跟外部标准的变化有关，尽管外部标准通常只是写作问题的下限，但确实左右着作者们的书写。在这一点上，我们遇到的挑战并无性别之分，男性作者倘若书写私人情感生活，可能遭受的批评更多。但是，如果回到写作中的真问题,即语言、审美、勇气、认知……这是按性别分配的吗?显然也并非如此。

张怡微:就是我猜想,有条件的女性作家还是少数。要不就是出生在是非之地,要不就是迎向足够有价值的是非;这样的女性精英,还必须有写作习惯,还需要具备被评论界趣味关注的要素,一定是稀缺的。

10. 对女性自传体小说在中国的发展,你持悲观还是乐观的态度?你认为,这类文学的缺失会给当代文学带来什么影响吗?

顾湘:还是乐观的吧,勇敢的又想表达自己的女性现在挺多的。

三三:我并不担心它的缺失,更多担心的是创作者不够真诚。在《始于极限》里,曾出演 AV 的铃木凉美若不是做好坦诚的准备,是不会接受这样的栏目的。然而,即使如此,在与上野千鹤子对谈的前期,她并不能完全袒露自己的感受。经过上野千鹤子的不断鼓励,甚至是反复质疑,她才稍微敞开一些。我想说的是，真诚多么难，它是一种能力而非态度。

自传体小说的盛行，意味着该时代、该地域的人们，开始关注自我的存在状态，个体精神得到伸展的空间。若盛行的是女性自传体小说，那么社会的发展状态更为理想化。事实上，我相对还是持乐观态度的。

于是：坦白说，二十多年前的陈染和林白的作品是我心目中的中国女性自传体的杰作，但毕竟是二十年前了。这二十年来，我们并没有诸如德博拉·利维的"女性成长三部曲"这样自然生长出来的作品。（也许有，是我没有看到？）要说缺失，可能不是写作者的意识或实践的缺失，而是在主流出版界缺少足够的露面机会？这类文学的露面是需要主流资源的，但我们的文坛（以及别的坛）历来偏爱传统，对城市、网络、性别等领域的新形式书写抱有一种惰性的态度，既不鼓励，也不反对，约等于无视。

女性自传体小说的出现是需要时间的，不可能由一次进行时态的写作完成。需要时间思考，也需要时间筛选和沉淀。这几年我看到一些短篇很有意思，看得出女性主义在渐渐影响写作者——尤其是女性写作者，但男性写作者好像完全没受影响？但只要男性没有改变，女性书写自己就依然只能是个体行为，无法影响到更多人。"影响"是比"写作"更具政治性的事，从这个意义上说，这个问题不仅仅是写作者的事。

周嘉宁：乐观。女性都在不断的失败和挫折中学习着，而我本身的女性主义启发也始终来自更多比我年轻的女性身体力行的实践。

张怡微：我是很乐观的。我希望看到足够复杂的女性，且有勇气直面毁誉，还能释放出文学的心灵能量。就像我从前很少读到"我奶奶是宇航员""我奶奶见过外星人"这样的小说，但是到了金草叶的小说里，就出现了这样的形象。也许假以时日，真的会有走出太阳系的女性作家，这有什么不好呢？

B / 小说

饮福

(韩)姜禾吉/文　春喜/译

你将对此一无所知。

也就是说,姑母是那家的反派角色。每家都有一个那样的人。葬礼现场,其他家属都在忙活,唯独她数着递到自己面前的吊唁金。明知故问,你学习成绩怎么样?打算什么时候就业?你有朋友吗?是不是太胖了?运动一下吧,运动运动,嗯?时隔几年突然和你搭话,开口就问:你还伸手要零花钱吗?我们家孩子现在已经独立了。你还不结婚吗?你有男朋友吗?

那是我们婚后的第一次祭祀。

如果是其他日子,我此时已经窝在沙发上吃光下班路上买回来的晚饭,枕着丈夫的膝盖躺下了。而且,应该在看那部长达七十六集的中国电视剧吧。那是一部讲述后宫暗斗的清装剧,反派角色陷害主人公的阴谋诡计正在被揭穿。丈夫和我都喜欢那部电视剧。主人公的恶毒程度不亚于反派角色。她甚至谎称自己和另一个男人的孩子是皇子,非常熟练,而且大胆。看到那段情节,我们特别兴奋。哇,现在后宫的其他人都完蛋了,所有人都要死了,必将下场凄惨。但是,孩子的真实身份会被公开吗?所以,大家会知道所有真相吗?即便是现在,丈夫也经常说:

"再没有那么好看的电视剧了。真没意思。"

然而,那天晚上,我并没有好奇后宫妃嫔们的命运,而是坐在婆家的沙发上,极力揣度姑母那番话的真实意图。我们刚奉上问候,她便这样对我说:

"我今天状态不好。侄媳妇,你能理解一下吗?"

那一刻,我稍微绷紧了神经。她是在指责我们来晚了吗?没有帮忙摆供桌?我完全听不懂她的话。她到底让我理解什么?

和我不同,丈夫看起来心情轻松。因为他在客厅里环顾半天,只说了一句"新房子的气味好像没有完全散净"。三个月前,也就是我们结婚以后,公婆说没必要非得住大房子,搬到了市郊的小公寓。远离市中心,房子也变小了,但在公婆家的阳台现在可以看到水库与天空相连的风景。因为是夏天吗？或者，这是那个社区的日常？那天，夕阳西下，四周被渲染成了一片朱红色。云层很低，在水库投下了阴影。听说住进那个社区是婆婆长久以来的心愿。但有一个问题。搬家以后，奶奶的老年痴呆病情稍有加重。以前只是混淆家人的长相，现在不管问什么，都会答非所问。所有的回答，都是她曾经认真看过的日播剧的内容。

"可是，你不生孩子吗？"

"嗯？"

我在这个突如其来的提问中回过神来。这可能是我那天重复得最多的一句话。不是没听懂的反问，而是太明白的瞬间反应。

嗯？

现在想来，姑母似乎以为我没听明白因而感到不痛快，故意缓慢地，清清楚楚地，又重复了一遍。

"我说孩子，孩子，你不生吗？"

就在那一瞬间，我明白了。原来是这个人啊。扰乱其他家人神经的人。明明自己说了那么多讨人厌的话，还叫嚣"可恶的不是我，而是你们"的人。就连在同一个空间呼吸，都会让人感觉有负担和厌烦的人。对，就是她。

其实，我很慌张。我们谈了七年恋爱，他从没说过姑母的坏话。当然，他本来也不轻易谈论别人，更何况家人。但姑母的情况，怎么说呢，不是坏话的问题。姑母完全不是他告诉我的那样。他说什么来着？父亲的妹妹，相差三岁，小学老师，有一个和他同岁的女儿，名字叫李静媛。和丈夫不同，静媛学习非常好，但因为高考失利复读，之后从药大毕业，如愿过着潇洒的生活……静媛确实很潇洒。因为她以海外出差为借口，没来参加我们的婚礼，祭祀那天也说工作太忙，没有露面。丈夫谈论的姑母和堂亲，这些就是全部。

啊，还有一件事。

"静媛本来并不是小心眼的人，但复读的时候似乎很辛苦，瘦了十公斤左右。那段时间，姑母和姑父也离婚了。"

丈夫说，姑母此后似乎自在了很多，好像也没有正在交往的人。

"即使有也不会说。姑母十分稳重，心思很深。"

那些话……全都是骗我的吗？

但我还是最大限度恭敬地回答了姑母。

"目前还没有计划。"

姑母的回答咄咄逼人。

"为什么没有计划？既然结婚了，就应该马上先制订那个计划。"

我点点头,强颜欢笑。以前好像从来没有像当时那样对他生过气。他为什么一言不发,只是静静地坐着呢?没想到会发生这样的事吗?

但他只是一直环顾着客厅,似乎还在担心新房子的气味。他观察周围的眼神频繁发生着细微变化。时而忧虑,时而安心,时而稍微焦虑,时而苦恼。然后,他和我对视了。我看到他的担忧平复了。慢慢地,安静地,所有阴霾都从他的脸上消失了。我喜欢的那张脸。

这时,婆婆走出厨房,说:

"姑母问这些干什么。"

她以独特的明朗轻快的语气,略提高音调、带着笑意补充说:

"我们家孩子会自己处理好。"

我感觉到她很用力地说了"我们"这个词,心情稍微放松了一些。仔细想来,可能是因为我喜欢婆婆,所以更加那样认为。她做过二十多年的护士,彼时也精力充沛,自愿去疗养院上夜班。从她身上可以感受到适应社会生活之人的某种态度。或许应该说,她懂得保持适当的底线,同时充分传达温柔而亲切的心意。因此,见到她以后,我更加清楚地了解了丈夫的某些方面，也就是我喜欢他哪一点。当然……他没有婆婆那么懂得察言观色。总之，当丈夫和我提出只想在家人们的见证下举行一场小型婚礼时，最先欣然同意的人也是婆婆。我本以为可能会因为他的父母而受到伤害，但说服我的父母反倒更加困难。最后，我只好抱着妈妈低语：

"妈妈要理解我。除了妈妈，还有谁能理解我呢？"

婆婆对姑母的回答，就像筹备婚礼时一样简单明了。被她保护的感觉还算不错。现在，姑母不会再问无礼的问题了。说不定也不会主动和我搭话了呢。不过，丈夫似乎还没搞清楚状况，只是轮流看着姑母和自己的妈妈，露出了轻松无聊的微笑。我不由自主地苦笑着。这时，耳边传来姑母尖锐的嗓音。

"对，姐姐会帮他们打理好。"

似乎马上就要吵起来了，四周充斥着紧张的气氛。我突然有点儿后悔，不如当时随便回答一句，比如"总有一天会计划"之类，然后再说几句废话，继续聊聊也不错：完全没有计划，但奇怪的是，一想到孩子就会先想到女儿，而且长得很像我，所以，才没能制订计划吧……然而，家里很安静。什么事都没有发生，只有闷热的风迎面扑来。婆婆漫不经心地擦去祭祀供桌边角上的灰尘，姑母轻轻地背靠在沙发上，望着窗外。在我们进门时就开始写祭文的公公，此刻正在写最后一个汉字。我听错了吗？我太敏感了？我的内心十分窘迫，甚至觉得她们两人可能本来就这样对话。因为妈妈和舅舅也一样。但他们两个人的关系是真的差，最终在我八岁左右的时候闹到绝交了……我心情复杂地看着丈夫。我爱的那个男人，正捧着不知不觉掏出来的手机看国际政治报道。他说中国很重要。是啊，无论什么时候，中国都很重要。

如此一想，他对婆婆和姑母的关系也没说过什么。

突然，他好像想起来什么似的，问婆婆：

"妈，奶奶呢？"

"嗯？在房间里。"

婆婆的话还没说完，他已经站了起来。我也稀里糊涂地跟着起身。婆婆摆摆手：

"哎呀，晚点儿再问候奶奶吧。现在睡觉呢，都快九点了。"

姑母啧啧咂舌，轻声笑了。我看见婆婆慢慢地皱起眉头。应该就是那个瞬间吧。

那道菜，那份祭品，满是红色酱料的带骨头的大肉块，摆放在供桌正中央。为什么那时候才发现呢？红色酱料上撒满了芹菜末和新鲜香菜,看起来更鲜艳了。说是辣椒酱吧,看起来有点稀,颜色也淡。难道是西红柿吗?不知道是哪里的菜。东南亚?中国?还是欧洲?但最吸引我的是,在精致地盛在祭祀餐具里的凉拌蔬菜、炖鱼、削过皮的生栗子、煮过的鸡蛋、苹果和梨等食物之间,唯独这道异国情调的菜盛装在一个显然直径足有三十厘米的黑色酷彩铁锅里。

"这是爷爷喜欢吃的菜。"

丈夫在旁耳语,我低声笑了出来。好神奇,他自始至终什么也没察觉到,怎么就知道我在好奇这个呢?他眼神诧异,跟着我一起笑了。

"是吗?爷爷喜欢吃外国菜?"

"嗯,他曾经参加过战争。据说从那以后,口味完全变了。"

"战争?越战吗?"

"嗯。"

第一次听说这件事。我不由自主地心生伤感。我只听说他爷爷年纪轻轻就组建了家庭,做过小规模批发生意,因劳累和成人病[1]英年早逝。对了,据说爷爷非常喜欢他。然

---

[1] 多发于中老年的慢性疾病的总称。

而，我把自己的所有事情都告诉了他。妈妈和舅舅已经绝交四年了，之后去外婆家的时候感觉有了什么改变。所以，我再也无法和姨母家、舅舅家我那么喜欢的姐姐哥哥们愉快相处了。难道仅此而已吗？某天，他们只丢下我一个人，搭伴去参加邻居奶奶的生日宴会。破旧的韩屋里，只剩下我一个人。一怒之下，我把院子里开放的波斯菊全部揪了下来，倒着埋在土里。被扯断的枝干立在半空。从那以后，我没再和表亲们说过一句话。可是，你不仅没告诉我姑母是一个多么讨厌的人，也没讲过爷爷参加越战的故事。

不过，我若无其事地问：

"那是越南菜吗？"

"这个嘛，我不知道。"

他转向婆婆，

"妈，这是越南菜吗？"

"嗯？不是。"

她回答。

"哦，是吗？那是哪个国家的食物？"

婆婆有点尴尬地看了看我的眼色。怎么了？难道这里还会冒出另一个秘密吗？她含糊其词地回答：

"就是炖肉。西红柿炖肉。"

那副语气似乎在说，不要再问了。我一直在心里嘀咕。怎么说呢，这不像婆婆的作风。她此刻的反应十分微妙，而且消极，似乎隐瞒了什么。这时，姑母插话道：

"什么哪里的菜，当然是韩国料理。姐姐做的嘛。"

然后，她对丈夫说：

"你爷爷一直在寻找那种味道。又酸又咸……他不怎么吃韩式料理。"

姑母好像突然想起什么似的，直视着丈夫。

"可是，你还记得爷爷吗？"

丈夫笑了。

"当然，当然记得。我很喜欢和爷爷一起吃饭。"

姑母依然用神经质而敏感的目光直勾勾地盯着他，似乎在好奇，他是故作爽朗地回答，还是真的在回忆往事，自然发笑呢？

她追问道：

"是吗？"

"是的。只吃面包和肉这样的食物，我当然很喜欢。还给了我很多零用钱。"

"真好啊。"

"是的，真的很好。"

大概就是那个时候。第一次,我没有讨厌姑母。这段对话里,一个人不停地绕圈子进行言语攻击,另一个人完全听不懂,还在爽朗地笑。我感觉这种怪异的对话似乎在他们之间重复过很多次。也就是说,我看出来了。

姑母讨厌我丈夫,但丈夫不知道。

为什么呢?我想,她对我无礼的提问和对婆婆神经质的回答,或许也是这种情感的一部分。所以,这是为什么呢?她为什么对自己的侄子怀有那种针锋相对的想法?持续多久了?三十二年。想到他可能这辈子一直被姑母这样对待,我突然感觉五味杂陈,觉得姑母是一个卑鄙的人。长辈只能这样吗?

但回想起来,她那时似乎很努力地控制着那种情绪。

正因为她是长辈。

所以,她才那样吧。姑母督促婆婆赶快开始祭祀。

"姐姐,我想快点弄完回家。"

丈夫惊讶地问姑母:

"这么快?还不到九点呢。"

结果,姑母很不耐烦,没好气地冲丈夫大喊:

"你没看见我们老了吗?太累了,早点结束,各回各家吧。而且,以前总是很早开始,十点前就结束了。不过,你根本不知道吧。"

这是事实。他长这么大，从未关心过祭祀。他说父母什么也没说过。那你那天做什么了？答案很简单。"学习、上补习班、见朋友……做什么了呢？"所以，他说无法理解婆婆如此积极地准备祭祀。"又不是外公，而是我爷爷。真不知道妈妈为什么这样。"

但至少在那时，丈夫发现了姑母在生他的气。他望着姑母，脸色瞬间阴沉下来。但一如往常，并没有持续多久。

"对不起，姑母，是我想得不够周到。"

然后，他问婆婆是否可以立刻开始祭拜。听着那个声音，我又一次想起了他对姑母的深情介绍。"十分稳重，心思很深。"

我认为姑母以后也会一直讨厌丈夫。

公公回答说：

"好，现在开始祭祀吧。"

而且，我丈夫不讨厌那个讨厌他的人。

一如既往。

公公走到供桌前，往杯子里倒了酒，然后拜了两次。紧接着，全家人一起行礼。第二次叩拜，我低下头正要起身，但谁也没动，我尴尬地抬起头又低下了。过了多久呢？本以为已经结束了，公公却把丈夫叫过去，在他耳边低声说了些什么。似乎在告诉他该怎么做。我看着丈夫像公公一样把酒倒进杯子里，拜了两次。然后，公公宣读了祭文，抑扬顿挫地念着汉字。我当然根本听不懂是什么意思。

不过，那是我第一次听公公拖长音说话。与活泼的婆婆不同，他总是沉默寡言，很少现身。只有婚礼那天，他唠叨丈夫没有行大礼的时候，吸引了全场的目光。

公公的声音停止了。现在真的结束了吗？我再次听到了公公的声音。

"世娜也要拜。"

"嗯？"

我故意在原地磨蹭了一会儿，等待婆婆的反对。但婆婆没有帮我。毫不在乎，不，若无其事地，保持沉默。是啊，婆婆可是积极准备祭祀的人。我迅速投降，向前走去。反正我来这里不是为了捣乱。中途和丈夫对视，他向我眨了眨眼。我明白了他的意思。

"好吧，拜就拜。"

我轻轻地深呼吸，然后跪坐在供桌前，接过公公倒的酒。焚香味和酒味混杂在一起，黏在了我的脸上。我行了第一个礼，再次俯身行第二个礼。额头着地了。明明下定决心趴下了，但还是很奇怪。在陌生的家里，在不了解我的人中间，而且是在向我从未见过的逝者行礼。我在心里又嘀咕了一遍。

"好吧，拜就拜。因为只有这一次，是第一次也是最后一次。"

事实上，这才是我们那天的真正目的。丈夫和我准备征求父母的许可，以后不再参加祭祀。对丈夫来说，这当然不是什么特别的事情，对我也一样。奶奶家那边，因为大伯是非常虔诚的天主教徒，早就不祭拜了；外婆家则多亏了妈妈和舅舅。两位和好以后，我们家也没去外婆家祭拜过。可是，每年都要给他爷爷祭拜一次？丈夫也有同样的想法。所以，我们打算只为那一天赋予意义。既是第一次，也是最后一次。就那一次，适当地保持体面，做足礼数，然后再也不去了。

拜完以后，公公再次递过酒杯。我接过酒，倒进空盘子里，再接，再倒。好像重复了三次。婆婆掀开饭碗上的盖子，把勺子插在饭中间，筷子放在肉碗上。随后，公公独自行了两次礼。

然后，告诉所有人退后。

"现在要来用膳了。"

听到这句话，我不由自主地望向窗户。一阵风吹了进来。

客厅十分狭窄，很难找到五个人共处的空间。然而，公公婆婆似乎不太拘泥于这些。他们在客厅与厨房的交界处坐下了。姑母不情愿地坐在婆婆旁边。丈夫也向那边走去，我跟在后面。奇怪的是，越往那边走，空气越凉爽。虽然到了日落时分，变得凉爽了一些，但毕竟还是夏天。天气湿热，这里又焚着香，所以我恨不得立刻一屁股瘫坐在那里，可心里又不愿意。怎么说呢，因为感觉自己正在主动走向婆家的厨房，也因为那个位置特有的氛围。从那里感受到的寒气，嗯，那里似乎积聚着一股很久未能散去的空气。而且，我也不愿意姑母用那种别扭的目光瞟我们。她似乎绷紧了神经，担心丈夫或我会坐到她旁边。

于是，我转过身，打算一个人站在玄关方向的房间附近。

丈夫叫我的声音中带着些许困惑。

"世娜，你去哪里？"

本想蒙混过关，被他这么一问，公公婆婆齐齐盯着我。真不懂看眼色啊。当然，姑母没有回头。我不好意思地回答：

"我就站在这儿。"

丈夫笑了，问我什么意思。别站在那儿，过来。不，我就站在这里。我们站在各自的位置，争执起来。我有点儿烦躁，当时似乎在想"你过来就行了啊"。就在我转过头的瞬间，极其短暂的那一瞬间，摆在供桌上的爷爷的遗像飞快地从我眼前闪过。

我挺胸抬头。

我仔细打量着爷爷的脸。眉毛很浓，眉间距很近，腮帮子突出，不年轻也不老，很平和的一张脸。

令人惊讶的是，他的脸和丈夫一模一样。

"世娜。"

我听到了他的声音。

这时，身后的门开了。

记得吗？

你应该理解我。除了你，还有谁理解我呢？

丈夫和公公抬着供桌的两端，调转了方向。客厅中央摆上桌子，显得更狭窄了。如果家里人多，恐怕要彼此紧挨着坐。想到这些，我有点儿头晕，难以理解为什么非得这样一起吃饭。说实话，我从小就想不通，为什么祭祀以后一起吃饭就会有福气呢？无非就是吃鬼吃剩的东西，那能叫福气吗？

丈夫似乎很享受这种福气。他迫不及待地把面前的小碟盛满西红柿炖肉，然后用手抓起一大块肉，咬了一大口。吧嗒，红色酱料从他的嘴角掉到了盘子里。刚才不是说爷爷喜欢吃吗？

其实是你喜欢吃。

"正宇，也吃点黄花鱼吧。你最近太瘦了。"

听到婆婆的话，我偷偷看了看坐在对面的姑母。她看起来很累，夹了一筷子凉拌菠菜放在饭碗上，却没怎么吃。她看起来不舒服，但并不一定是心情的原因。有人紧紧地攥着她的左手。

是奶奶。

刚才开门出来的时候还没太清醒，现在看起来精神很好。如果不知道她得了什么病，可能会认为她是一个完全没有问题的人。其实，以奶奶这个年纪，患上老年痴呆有点儿早了。身体健康状况也不错。胖乎乎的身材，腰板笔直，双目炯炯有神。没出现说话语无伦次、认知能力不足等情况，总之，几乎没有什么看起来奇怪的症状。恰恰相反，言行方面透着微妙的倔强，像是年轻时的某种痕迹。丈夫以前曾说，爷爷挣得不算多的时候，奶奶就靠开香烟铺勉强维持生计。那是在爷爷去越南之前，还是回来之后呢？丈夫当然没有告诉我。他只说两位很恩爱，一家四口顺利度过了困难时期。

奶奶用力抓着姑母的手，按压的地方都变白了。她没有找公公。难道已经忘了还有一个孩子吗？她只是静静地环顾四周，姑母为她夹到面前盘子里的菜碰也不碰。从她的身上，我仿佛看到了丈夫的影子。一进门就担心新家有气味的男人。听不懂周围的人在说什么的男人。或许因为如此，我无法轻易把目光从奶奶身上移开。

然后，我和奶奶目光相触。

她好像认出我了。不可能。因为她和我几乎相当于第一次见面。对她来说，我不是我。她盯着的人，不可能是我。

会是谁呢？

她看着的人。

就在那一瞬间，奶奶把勺子扔向了我。

"天啊,妈妈!"

随着姑母的呼喊,勺子飞向我和丈夫之间。丈夫用沾了西红柿酱料的手捡起掉落的勺子。同时,奶奶把桌子往前推。由于力气不足,桌子没有被掀翻,但碗碟摇晃起来,声响很大。我感到一阵恍惚,听到婆婆和公公在说什么,也听到了奶奶的声音。

滚蛋!求你滚蛋!

她说。然后,姑母劝奶奶别闹了。奶奶回答了什么,声音听不太清楚。她好像在自言自语,又好像在骂人。但我知道,她一直在念叨某句话。

奶奶非常愤怒。

我受到了严重的惊吓。后来才知道,姑母问了我两次"还好吗"。我当时也不知道丈夫抱着我的肩膀。公公说着"快点儿把奶奶扶进房间",从那里开始我就记得清楚了。姑母回答公公:

"不行。不能那样。"

姑母又补充说,妈妈只是有点儿激动,如果把她独自留在房间里,只会变得更糟。公公烦躁地说:

"你陪着她就行了啊。"

姑母没有回答。那时,婆婆……在哪里呢?我不记得了。那幅光景里没有婆婆。我只记得姑母瞟向公公的锐利目光，瘫坐在那里叹气的公公，还有依然怒气冲冲地瞪着我的奶奶，以及丈夫。

他安慰我：

"没关系。别害怕。奶奶现在这是跟电视剧搞混了。她原来不是那样的人。"

听到这句话，我好不容易才回过神。没什么事，没关系，我在旁边，别担心。得益于丈夫念咒语般的安慰，我真的安下心来。我心想，奶奶正在满脸嫌弃地看着谁呢？会那么厌恶谁呢？幸好没过几分钟，气氛缓和下来。奶奶不再生气，不再瞪我，没有推开桌子叫我滚蛋，也没说"求你"。好像什么事都没有发生过。

安静。

婆婆直接把整锅西红柿炖肉端到了丈夫面前。炖肉已经吃掉大半。即便如此，丈夫的手还是不停地往锅里伸。我好像明白婆婆的这道菜为什么要做这么多了。

这时，姑母轻抚着奶奶的手背，奶奶紧握住姑母的手，笑了。不对，难道是皱眉头？那副表情不好判断。很明显，她的手抓得很紧。她看起来像孩子一样缠着姑母，又像是在哀求。她紧紧抓住姑母的一部分不放。我没有移开视线。那一瞬间，对奶奶来说，姑母多大了呢？三十岁？二十岁？或者……十二岁？

奶奶说：

"等了三年。"

"知道。"

姑母回答。

"当时特别担心，怕是死了。"

姑母显得很不耐烦：

"哎呀，妈妈，都是过去的事了。"

过去的事？

等等，他不是说和电视剧搞混了吗？

我看着丈夫。他还在吃西红柿炖肉，好像并没有听到两人的对话。但我一直听得到奶奶和姑母的声音。

"我从早到晚做饭。从早到晚。"

"嗯，是啊。"

"不吃。"

"嗯。"

"只想吃奇怪的东西。"

"知道。"

"回来了……又没回来。"

奶奶再次看向我。我吓得一抖。不过，我很快就明白了，她看的不是我。她的目光慢慢地，偏向了旁边。是的，从一开始就不是我。是那个人。她一直在看着那个人。让她生气地扔勺子的人。担心他死了，等了三年的人。活着回来以后，闷在家里一整年的人。妻子每天上班，摆好的饭桌碰都没碰过的人。

他经常把偷偷买来吃完的美国进口罐头的空壳随意丢在书架一角和垃圾桶旁。早上刚起床就要抽烟、拉屎。早餐喝加满糖的牛奶。和妻子吵架以后，到外面向麻雀群扔石头。把死鸟丢给儿媳妇，说让她蒸熟。撒上盐，多撒点儿。媳妇难以忍受，翻遍菜谱，做出了一道又酸又咸的菜。他对那道菜不满意，却又让儿媳妇重做了几次，每次都狼吞虎咽吃得精光。所以，此后每年过生日都必须吃那道菜。每年到了从越南回来的日子都要吃那道菜。也就是说，妻子不会做的那道菜，不想吃的那道菜，没吃过的那道菜，无法一起吃的那道菜，现在是祭品的那道菜，他只吃那道菜。所以，最终脂肪堵塞血管。爆了。死了。所以，就是那个现在最好立刻滚蛋，却像鬼魂附体一样，不断在记忆里浮现的人。回来了却没回来的人。没错，就是他在我旁边。

那天以后，我们就不去祭祀了。现在，婆婆依然供奉祭祀。那位潇洒的堂亲似乎也不去。好吧，就算她去了，我们也不太可能知道她的消息。仅凭这一点，我就觉得她足够潇洒了。

一年前，奶奶去世了。此后，婆婆更加认真地操持祭祀。丈夫依然不理解她。

"对我来说，妈妈永远是一个谜。"

听说婆婆不再做西红柿炖肉了。

不过，我偶尔会做，用婆婆给我的酷彩铁锅。

那天，奶奶越来越絮叨。确切地说，她在重复同样的话，所有的故事都在说给姑母听。姑母始终看上去很累，还有些伤感。

还不到十点，我们已经起身准备离开。反正也不想多待，刚好婆婆催我们赶紧回家。她似乎担心奶奶再扔东西，或者发脾气。可以理解，但也觉得奇怪。她看起来很难堪，就像丈夫问起西红柿炖肉时一样。她如此着急赶我们走，似乎并不是为了我们，而是她自己想尽快结束这种局面。所以，我认为婆婆想对我隐瞒奶奶和爷爷的什么事。奶奶望着丈夫的目光，西红柿炖肉，奶奶高喊"滚蛋，求你滚蛋"的激昂嗓音……于是，我打算在回家路上问问丈夫。你知道奶奶把你当成爷爷了吗？你知道些什么吗？只有你知道的故事，你绝对不可能不知道的故事。

如果你听到这些，一定会很好奇。为什么我最后什么都没问你，直到现在。

我经常有种冲动。一股脑儿……说出来吗？

也就是，我开始和你一起生活以后知道的那些事情。比如，婆婆决定和奶奶一起生活，认真筹备祭祀，但公公不能再干涉你的生活了。在那个承诺里，也包括我的生活。而且，还保证只把那个事实告诉儿媳妇我。说得再详细一点儿吗？那天，我在回家路上收到了那条长信息。婆婆在结尾这样写道：

"所以，以后不用来参加祭祀了。"

她强调说：

"什么都别让正宇知道。"

但我真正想说的是其他内容。你姑母是家里的反派角色，她不喜欢你。她擅长说些刺激别人的话，而且很明显是故意那么说。事实上，她想表现出自己是故意那么说。她盯着我，好像在说，你自以为看透了我，但我甚至连你的视线也看透了……

你父母之所以放任姑母的脾气,是因为奶奶。因为奶奶虽然和儿子住在一起,依靠的人却是女儿。倾诉,发脾气,无话不说的人。理解她的所有的人。

如果你知道了,会怎么回答呢?

会这样说吗?

"是啊,除了姑母,还有谁会理解奶奶呢?姑母应该理解奶奶。"

可是,你继续听我说。

时隔四年再去外婆家时,我和表亲们之间有些生疏,但也没那么糟。那时我十二岁。在那段时间里,我想念过他们。他们好像也一样。所以,他们才会邀请我一起去参加邻居奶奶的生日宴会吧。我很高兴。

但我说不去。

因为我经常看到妈妈哭。因为我知道外婆太爱舅舅了,几次伤了大女儿的心。不让上大学,不给钱办婚礼,对女婿不满意。我还知道,当女婿欠下担保债务时,外婆每天打电话叹气。尽管如此,外婆如果因为某个人生气或者伤心,就会给妈妈打电话,吵闹几个小时。哭,倾诉,发泄怨气。除了你,谁会理解我呢?你应该理解我。然后又打电话说,你以后到底要怎么生活?就因为你,我都睡不着觉。

然后,妈妈当着外婆的面,对舅舅的孩子们说,你的学习成绩怎么样?你有朋友吗?是不是太胖了?运动一下吧,运动运动,嗯?你还伸手要零花钱?我们家孩子现在已经独立了。你还不结婚?你有男朋友吗?

是的,我妈妈是我们家的反派角色。

所以,我回答表亲们,我不和你们一起去,我不和让我妈妈伤心的其他亲人一伙。因为我站在妈妈这边。因为我妈妈只有我。只有我绝对不能讨厌妈妈。

不过,我并不是因为婆婆的信息才闭嘴。

记得吗?

在婆婆的催促下,我们赶紧走向玄关门。可是,丈夫突然中途转过身去。他说忘了跟奶奶告别,迅速回到客厅。他跪坐在奶奶面前,迎着奶奶的目光。

"奶奶,我现在要走了。过段时间再来。"

她呆呆地看着丈夫,松开握着的姑母的手,握住丈夫的双手。她对丈夫说:

"嗯，我的孩子，正宇，回去好好学习，好好吃饭。"

丈夫笑出了声，抱住奶奶。

"哇，奶奶，这次你不糊涂了。嗯，我是正宇。我在这里，奶奶。"

丈夫的声音有些哽咽。他轻轻地叹了一口气，站起身来。可奶奶不撒手。姑母在旁抚摸着奶奶的手背说：

"妈，正宇现在要回家了。"

可奶奶就是不肯撒开丈夫的手，一直抓着，像刚才那样，仔细地打量着丈夫。她的目光似乎有些哀伤，也有些残忍。

她认出他了吗？

姑母轻轻拉了拉奶奶的手，说：

"妈，好了。没关系，没关系。"

这时，奶奶冲着姑母大叫。

"喂，你别让静媛复读了！要有自知之明，她上什么药大啊。"

我屏住呼吸。时间似乎静止了。我不知道该怎么办。尴尬、羞愧而痛苦。这时，我看到公公装作没听见，转过头去。我也低下了头。我不想再看到任何东西了。可是，不知什么时候，我看见奶奶又重新紧紧地握住了姑母的手。尽最大力。我实在忍受不了那幅光景，赶紧低声对丈夫说，我们走吧，快回我们的家吧。但他没动。为什么呢？我抬头看着丈夫。他表情黯淡地看着自己的奶奶，好像不相信刚才听到的话。他僵硬地呆在原地，好像遭受了严重的冲击。就在那一刻，我明白了。

你，原来什么都不知道啊。

这时，身后有人大笑。是婆婆。她啰啰唆唆地说奶奶又在胡说八道了。我们犹豫着起身。婆婆迫不及待地把我和丈夫推向玄关。走出客厅时，丈夫疑惑地低声问婆婆：

"不是在说静媛的事吗？"

婆婆摇摇头，告诉他别往心里去，奶奶精神不稳定，记忆混乱了。不过，丈夫的表情没有轻易缓和。婆婆揉着丈夫的后背说：

"都是巧合。日播剧刚好是那个内容，一模一样。"

又补充说：

"我以前告诉过你，记得吗？"

就在那一刻，婆婆和我目光相触。她朝我微笑。几分钟后，我明白了是什么意思。"什么都别让正宇知道"，婆婆把手从他的背上拿开。我讶异地站在那里，心里嘀咕着：不要，不要。但与此同时，我也看到他脸上的忧虑逐渐散去。

慢慢地，静静地，所有的阴霾完全……消失了。

我喜欢的那张脸。

回来的路上，你问我：

"世娜，那什么……"

"嗯？"

"是女儿，还是儿子呢？"

"什么？"

"皇帝的那个冒牌小孩。"

我笑了，也许吧。

"你就那么好奇吗？"

"嗯，我很好奇。"

我回答：

"我希望是女儿，还有……"

因为你可能永远也不会知道。因为一无所知的你，从来没有讨厌过某个人，也没有注意过自己被人讨厌。你是立即认错并且道歉的人。你既不是不能说出"折断波斯菊其实是因为你们"的人，也不是满怀憎恨地发誓总有一天把那句"谁来理解我"如数奉还的人。尽管如此，你也不是认为只有我能握住你的手的人。你不是那种人。是啊，所以我爱过你。现在也爱你。所以，我决定不说。其实，你才是真正的反派角色。

可是，那真的可以称作"选择"吗？

所以，我不断回忆起那天。一直念叨这件事。你。你和因我而生的你。如果不经意间想起，脑海中就会突然浮现出和我容貌相像的你。所以，让我感到害怕的你。让我不想做出任何计划的你。可是，我一直在想，尽管如此，我依然希望你是女儿，希望我真的可以为你做出这个选择。是的，所以那天我做出了回答。这是你的电视剧，愿你有福气。

我在黑暗中回答：

"希望她什么都不知道，什么都不知道。"

真的……很没意思吧？

作为玩笑的一生

(加拿大)希拉·海蒂/文　马睿真真/译

无人目击我的死亡。我是独自死去的。这没什么。孤零零地咽气,连个看客都没有,在某些人眼中是场巨大的悲剧。高中时我交往过一任男友,他想和我结婚,因为他认为人生能够有位见证者比什么都紧要。和高中女友结婚,从此共度往后的时日——这意味着有太多需要见证的事了,所有重要之事都会由同一个女人见证。他认为妻子就是这样:绕着你打转,目睹你的生活徐徐展开。我以前不喜欢这等看法,但如今更能理解他了。有人爱你,看得到你的生活,并且每个晚上都陪你闲聊,这并非一件小事。

我呢,没有嫁给他,也没有嫁给任何人。我们分手了。我独自居住,未曾生育,成了自己生活仅有的见证者。与此同时,他找到了一位能够步入婚姻的姑娘,还生了一个孩子。她出身于一个庞大的家族。那些人住在离他们很近的地方，他原来的家人也是如此。有一次我去拜访他们。在他的生日晚宴上，满当当挤了三十位亲朋好友，包括他和妻子唯一的小孩。我们在他岳父母的家中，在靠近海岸的小镇里，而他们正是在那儿将生活修筑起来的。他确实得到了他想要的。他有三十位可靠的见证者。即使那些人中已有半数逝世、搬家或与他反目成仇，他也还有十五位呢。当他死去之时，充满爱意的大家庭会环绕在他身侧，追忆起他还有头发时的样子。有人会记得他每天晚上进家门时，都已醉得不轻，大吼大叫；有人会记得他的每一次失败，并且仍然爱他。当他的每一位见证者都已亡故，他的人生也将结束。当他的儿子、儿媳和孙辈同样辞世时，我这位初恋男友将会彻底成为过去。

当最后一口气从我的喉咙里溜走时，没人看到。那辆撞击我的车飞速驶远了，一位司机停下来，将我从马路中央移开。当他扶起我的时候，我已然气绝，因此我可以说自己是独自死去的。

现在，你可能会说我撒谎。没有任何一个我所爱之人来目睹我的离世——如果我果真对此事毫不在意，为何我要跋涉这么远的路，从死亡中回到这儿来？为什么我要钻进我的肉体，穿戴好我在地球上的最后那身衣服？为什么我要保留生前讲话的嗓音，并重新恢复到死亡之时的体重？我甚至洗去了眼睛和发丝里的污浊，将牙齿安放回了它们被击飞前所处的位置。为什么我要费心去做这些事情？这可是项大工程。我本可以永远躺在土壤里。我本可以待在那里，瓦解、分裂，如果我已经妥善地料理完了自己的人生。如果焦虑没有刺痛我，让我想起还有些事需要倾吐，我是会继续在地底躺好的。

这就是真相：我是个笑话，我的人生是场笑话。我最后爱过的那个男人——不是我的高中男友——在我们最后的争执中，将此事告知于我。当时我三十四岁。在争吵中，我试图解释我是如何看待事物的，而他喊道："你就是个笑话，你的人生就是场笑话！"

那天晚上之前，我们还爱着彼此。我们一同钻进被窝，他在手机上阅读流行的犯罪小说，而我在自己的枕头上入睡，轻轻触碰他的胳膊。几天后，我死了。从那时起，足足过去四年，我才完全理解了他所说的话：我自己如同笑话，而我的人生亦然。在他说出来的那一刻，我不知道如何作答。我如此痛苦，只能号哭。这只能证明他是对的。我盯着他，嘴巴张得很大。当然，我已经习惯了他的残忍，但这仍然刺得人生疼。

当我收到你们今晚让我来此演讲的邀请时——难道你们不知道我死了吗？确实不知道——我一开始还想：不，我去不了。事实上我找不到理由去。但是几个月以后，我给你们写了便条：如果你们肯掏钱把我挖出来，还肯付款将我的骸骨送上飞机，自葬身之地横穿北美大陆，用轮椅把我推到麦克风架前，好吧，我愿意答应。航行途中，我拼命用这颗已经停止运转的大脑记住自己想说的话——这是我肯答应的全部理由。我有些重要的话要宣告。你们问我是什么？我说过了吗？想法从死掉的大脑里溜走实在太容易了，我记不清自己是否说过。

躺在地底，盐粒、泥土、汗水、蠕虫、种子、树苗和干瘪鸟尸的骨头在嘴里堆积，血液蒸发，脚趾蜷曲，脑袋里插满头发、鸟羽、那些时常令土壤变得斑驳的白色小球，不论它们是什么，那些小小的泡沫聚苯乙烯颗粒、狗的粪便、臭鼬的尿，还有种子、树苗、橡子和葡萄干；这可太令人惊奇了，我居然还能够在那里思考，在那彻底而潮湿的黑暗里面。你永远都不知道，平躺在土地深处，你的杂念会变成什么样。你只能将一个念头带进坟墓，通常就是那个一直困扰你的念头，那个你必须从头至尾思考过才能安息的念头。而我带进去的，正是我爱过的那个男人所说的那句话："你就是个笑话，你的人生就是场笑话。"它凿穿我的头脑，劈开我的肌肉，撕裂我的骨骼，直到我除了这堆字以外什么都不剩。当我的人生由外向内崩塌——死亡就是这样，生命会朝着自身内部倾垮而下——那句话仍然在废墟之外残存；它从我身上剥离了出去。以及，正因为它独立于我，我反倒可以随身携带它了——这是我仅剩的东西。

请问我能来杯水吗？我的水呢？我渴得几乎要枯死，而且我确实已经死了。明天我就会坐上回家的航班，从一大堆行李中掉落下来，安详地躺在我的骨头里，并且已经说完了我想要在此宣告的一切，说完那些我在地底想明白的事情。然后，我将在剩余的永恒里长眠下去，再不必把自己抽出来了。

那个说我和我的人生都是笑话的男人，他可能没有出现在我最后的时刻，没有见证我最后的喘息，但我意识到：他预言了我的死亡。只有看见我最深处的内核，他才能如此预言；他是我灵魂的见证人。当他说出那些恶毒言辞时，他见证了我走向的未来，一种他知道我会遇到的未来。在我们的争吵中，我试图让他相信他才是错的。"我不是什么笑话！"我哭喊道，"你才是笑话！你才是个笑话！"

如果一个人因为香蕉皮而滑倒摔死，那么她的一生是场笑话。踩香蕉皮滑倒不是我的死因。如果一个人带着拉比、牧师和修女走进酒吧，并因此而死，那么她的一生是场笑话。这也不是我的死因。如果一个人像只鸡崽似的冲向马路对面，并且因此而死，那么她的一生是场笑话。好吧，这才是我的死因：如鸡崽般横穿马路，想要到达另一边。

那天我穿过马路时，正是朝着另一边而去的——我所感到的绝望是如此深切，我们的争吵还在我心中盘旋。为什么小鸡要横穿马路？为了抵达对岸。一场自杀。对岸就是死亡。每个人都知道，对吧？

我猛冲向那辆生锈的老爷车前方，害自己猛撞在金属上，我的牙齿被挡泥板打得飞进喉咙里，我的胸膛被碾碎。

我来到这里，不是为了让你们失望的。我来到这里，是为了跟你们开个玩笑。或者，更进一步，给你们表演一场笑话。那就是我自己！顺便来吹嘘，我也是有见证者的。我的第一位男朋友——他住得离这儿不远——可能他也坐在观众席里，默默听着？开了罐啤酒？我希望他在这里！我的生与死都已经被人见证，告诉你吧！被见证了，而且被预言了！你没有比我强到哪儿去。直到最后，看起来我们两个都赢了。

我可真是只小小的雏鸡啊。生活的哪个方面我都无法忍受。尤其是这种老规矩：你必须比所有人都活得好。

你大概很好奇，对岸是什么样。鉴于我就在这里，倒不妨告诉大家：那是个滑稽的地方，所有人都笑个不停。有点像我曾经历过的某件事情，在一趟洲际航程中。不论看什么节目，坐在我旁边的女人都会被每一个愚蠢的包袱逗笑——真的就是每一个包袱。然后她开始换台，换了一个又一个。她的笑声填满了我们这排座位。从起飞到落地，她从未停止傻笑。一个人的笑声会让你多么恨她啊！难道这个世界上傻笑的人不知道吗？难道他们认为这样会让自己显得很可爱？谁会喜欢一个人紧盯屏幕，头戴耳机，对着自己笑个不停？或许只有那些喜欢隔着酒店墙板听别人上床的人吧。

在那头，始终如此。狗群在笑，树林在笑，每一个人都在笑，不论是否有可笑的事情。我在那边排练过这次演讲，当着十六位观众的面，花了四个小时，从始至终，我每讲一句都要等待笑声平息下去。而在这头，在地球上，一切当然都不同了。生的寂静是最伟大的宽慰之一。死亡对每个人而言是否都一样？还是说，这个玩笑世界是死亡为我打造的？我该如何才能确定呢？

我所说的这些话，有没有带来什么意义？我对自己的发言感到很难为情。我的声音听起来还好吧？当你死掉，想再抓住一个念头都很困难。我的脑袋感觉像塞满了棉絮，我的眼睛好像填满了棉球，我的耳朵如同堆满了棉花。思考，很难，将自己的意思串联起来很难。我来到这里，不是为了告诉你，我爱你。你觉得这是我想说的吗？我只爱过两个男人。他们中的一个想要娶我，他们中的另一个说我的人生就是场笑话。我的第一任男朋友为他自己找了位见证人，而我来到这里，告诉所有人，我也找到了。我是赢家，瞧见了吗？我赢了！我赢得了一个人能够赢取的、最棒的奖品——被看见！今天我要在此声明。这是我爬进自己的血肉里、站在你们面前的唯一原因：为了舞台上的一场笑话。他的话再也不会伤害到我。那些话让我觉得如此自豪。

为什么小鸡要横穿马路？那是我啊。我就是那只小鸡。而且我走到了对岸。当他说出那些话时，他知道这终将发生。能被看见是多美好的事啊。

椭圆形午后

沈大成 / 文

我们这群人的核心是一对精力充沛的情侣，他们乐于了解他人，喜欢做新尝试，经常组织活动。两人还曾开过一家小的经纪公司，为刚起步的插画师、作家、艺术家代理版权。他们分享出自己的时间、好客心、家里的客厅，还有那家公司的露台。每次一登上露台，近处是红顶的老房子，远一些是高楼层层叠叠，头顶是很大一片天空，这时候我会有个平常不能肯定的想法：自己竟有一个落脚点，还有一个视点，我在宇宙中分明是真实存在的。这感觉让我珍视自己。就靠他们，很多人凑到一起。如果友谊有形状，我想椭圆正是这么回事，有两个焦点，曲线是围绕两个焦点产生的，我们这群人享用椭圆形的友谊。令人遗憾的是，后来他们从情侣和合伙人的关系中拆伙了，能激发自我认知的露台和底下的办公室也退还给了房东。好在，两人有套做人哲学，不像那种毁灭式的分手形成的冲击波会荡平四周，他们只是自己淡出各种聚会，放任我们仍在椭圆轨迹上活动。

一天，我们很多人又糊里糊涂地坐到一起吃饭。每次我来，座中只有一两成好朋友，七八成是熟脸，剩下若干人不知其名。这些人也在分担账单和营造氛围上发挥作用，日后有些会变熟。伯乔也来了。

伯乔属于熟脸，据我所知他和谁也不是密友。

伯乔的刀叉在盘子釉面上不断刺挠，那难听的声音，我们多声部的聊天也没能盖住。他在专心地切割食物，他越是努力，食物碎屑越是频繁地从盘子里泼撒出来。他面前的白桌布都不白了，以盘子为圆心，彩色的食物碎屑一圈一圈地、近密远疏地落了上去。这时假如俯拍，不论是做成视频，还是拍成照片，我想都是不错的艺术作品。剩下约一半食物在盘子里仿佛活了，他很困难才能用刀叉追捕到其中一些，挑在叉尖上，不等举得很高，头先低下，用嘴巴主动接应它们。他这样邋遢地吃，时而放下餐具，两只空手用力互握，像是彼此鼓励，接着又邋遢地吃。每当他握住水杯时，杯中水面震荡不已，跟着水也洒到外面来了。

这些动作太为难他了。因为伯乔也叫"断手伯乔"。

还记得第一次在聚会中见到他，我曾向朋友打听。

"那个人是不是这样的？"当时听了我的描述，朋友确认道。她把做了美丽指甲的一双手举到头两侧，手掌从手腕上翻垂下来，接着夸张地抖动它们。

"对，他是的。"

"他叫断手伯乔！"

"他是残疾人啊？"我说，"他哪只手断过？"

"你看呢？"

"莫非你在暗示，他两只都断过？"

接下来我问发生了什么。朋友说，在他小时候由于父母监护不力酿成了一次事故。我听后，当然就觉得不好笑了，变为惋惜、怜悯他。不过之后，关于断手的原因，我又听过多个版本，包括被人追债寻仇、工厂的大机器突然失灵。也有人说，其实他罹患神经系统变性疾病，造成肢体震颤。传闻多种多样，他有时候当我们面又会说出一个新版本。

伯乔看我看着他，显露歉意但自然地笑笑，又用残手继续努力。

饭后，大家仔细分好账单，包括伯乔在内的一群人先走了，我们有六个人仍聚在一起，边讨论去哪里边在路上游荡。我们都不喜欢一场聚会后就地解散，必须做些莫名其妙的事缓一缓。当路过一个公园并且谁也不反对逛它一圈时，我的确是想着"咦，我为什么来这里？"可又做不到抽身离开。我从自己身上理解了另一件事。

我住的地方距这里约一小时车程，是个贫寒的社区，有几只野鸽每天必定光顾两次。早上它们可能从夜间的栖息地出发，我猜是附近的小树林吧，它们经停我们社区，再踏上觅食之路。晚上的路线相反。好天气时，常见到精瘦的鸽子挺胸站在对面屋顶上。刮风下雨天，它们另寻遮蔽物。鸽子喜欢歪着头看东西，智慧的鸽眼看中了我窗外的雨篷，那下面有一段可供站立的废管子，它们把自己安置好，咕咕叫着，噗噗地往我窗台上投掷礼物：灰白色的屎。我有点烦恼，而且长期感到费解，既然直飞下一站对鸽子并没有难度，那为什么非得中途停下呢？来了也是无所事事。此时我忽然想通了，我们不是有同种秉性吗？

这个公园的中央，卧着一片人工湖，我们绕它散步。

到了一处，见水里站着一个工人，身穿防水衣，衣服齐胸高，背带箍在双肩上，湖水没到他腰部。他正在清理水草，为了使小湖有清晰的轮廓线，他不许水草连岸生长。有个搭档与他同步行动，走在岸上，手持长柄捞网，把断草和垃圾捞走。两人合体，状如一柄沿湖转动的开罐器。另外，两人之间以一种旁人不得其门而入的方言对话。

看着他们,我们议论起这份工作的好处,它具有多样性、可选择性,不是吗?比如你可以草坪剪得糟,但是人工湖养护得好;你还有机会在整个公园里挑一处最爱的小地方,潜心打理它,让它成为一个最佳秘密。因为你可以把它,比如说,包裹在一丛灌木里,灌木包裹在公园里,公园包裹在城市里,然后依次包裹上国家、大陆、地球,最后放进宇宙,这样你这个不起眼的工人就在宇宙中藏起了一点什么。

我们都知道把别人的苦活浪漫化了,但反正也是随便一说。

一个写作的朋友,陆续发表过一些没人关注的小说,平时靠写商业类的文案生活。我认识他有点久了,他样子确实不大优越,但胜在开朗,大家都蛮喜欢他。他对水中的工人特别感兴趣,在别人发表"劳动即藏秘密在宇宙中"的邪说时,他拍了些照片。

"我有个想法,"他忽然对我们说,"大家是不是看不到他下面,猜猜他下面是什么?"

他进一步阐明设想:水里工人的腰部以下并非人体,当然他上面是人,他的真相其实是一个半截人。他的身体在水线以下没剩下多少，身体的底部为一个几乎平坦的横截面，横截面上仅仅长着两只拨水的鸭脚。他其实是靠鸭脚在水里游来游去，所以适合在这儿打工。

大家都更喜欢这个想法，就说，我们不如等他上来，看看他底下究竟什么样。

于是我们继续追随两个工人。不料劳动是那样耗费时间，两人久久才清理完一小段湖岸线。我们的耐心逐渐涣散。

离开人工湖时，我们分成两组。一组人要走了，他们三个说，突然想起来下午可以去某展览的开幕酒会逛一逛，策展方有个出手阔绰的好名声，肯定能招待美酒和精致点心，而且又能和另一批朋友会面。他们问我们去不去，但去那里也太远了，根本不是顺路的事。我们没去。我们剩余三人来到儿童乐园，这个时间小朋友不多，我们趁虚而入，占据了小跷跷板和小滑滑梯。刚才提出鸭脚假设的朋友嚷嚷着"锻炼一下"，把略肥的身体贴到儿童攀岩墙上，爬至一人高处，墙壁变为垂直，他无法攻进，"嘿"了一声，一跃而下，趔趄着落地。

他立稳后，向我们宣布了一个消息："我会写它！"

另一个朋友和我迷惑不解。

"跟你们说，我打算写鸭脚男的故事。"他正式说。

"嗯？什么东西？"我们说。

他比较得意："我已经想得七七八八了，这个故事是关于鸭脚男和他的朋友在公园里如何打工生活的。现在请你们保证，未经授权，不可以再把这个形象放到任何剧本、漫画或者小说里去。"

"好吧，我们不是那种人。"我们当即承诺。其实受过些挫折后，我们最近创作也搞得少了。

他又强迫我们拿出手机，新建一条备忘录，按他的要求首先写上他的名字，再写：是鸭脚男作者。

我把手机亮到他面前，给他检查。"可以了吧？"我说。

另一个朋友脸上带着更加多的鄙夷，然而也照办了。重视版权的鸭脚男作者满意了。"灵感认证，禁止剽窃。"他再次强调。

"我预备这样开头——"不容我们听众拒绝，鸭脚男作者讲起来了。我们这时候已经从儿童攀岩墙转移到了卡通动物坐骑这边，彩色塑胶制的卡通动物安装在弹簧底座上，小孩坐上去后凭自身体重可以稍微摇动它，小孩也是神奇，这样就能快乐。我坐上一匹黄色的摇摇马，他跨骑到粉色的摇摇象上，一下就把小象死死压制住了。他还没讲几句，我们那个擅长鄙夷脸的朋友接起一个电话,听意思,来电的是付她钱的人,正对她下达指令,要修改一份设计方案。鄙夷脸朋友从摇摇小猪上跃下,脸上鄙夷,嘴里却回答OK、OK,手握电话离开了我们。每次再看她,她已经走到了更远的地方,如此越走越远,渐渐地,听着这个电话走出了我们的视线。

这下,就只剩我在这个下午听鸭脚男的故事了。

鸭脚男是从外面的天然水域游进湿地公园的。发现他的人是一名公园管理员,正在做巡园检查。

这片湖水是绿的,因为藻类繁殖过剩,管理员看到一个人直直插在绿水中,露出的上半身赤裸,打结的黑色长发野性地披散到肩膀,满脸的胡子看起来数年没有认真修剪过。管理员的第一印象是:一个流浪汉来我的辖区投水自尽!这里比较荒僻,但凡他成功了,而自己和同事也不仔细巡园,那么今天的尸体有可能几天后才能发现。

管理员入职时接受过纸上谈兵的培训,还通过了意思意思的书面考试,但是慌乱中想不起操作标准了,这一刻他大喊落水者上岸,同时双手在工作背心的几个口袋外面拍了拍,想找到一件施救工具。

水中人有点错愕，为把事情弄清楚，原地旋转了一周。他动作轻盈，像是穿在一根杆子上被外力捻动，又或者，很像一个力量型舞者不动声色地完成练习过一万遍的基础动作。他想了解，管理员是否在呼唤其他人，但周围没有人。

管理员稍微冷静了下来，回想起来，自己闯来湖边时，这人仅仅是平静地停泊在湖中央而已。他停在那里干什么呢？管理员再次倒拨记忆，他停泊在湖中央聚精会神看水鸟的一幅画面，在脑中清晰显形了。现在水鸟已经飞走，剩下他们两人面面相觑。

那么不是自杀，这人的精神状态还可以。但情形还是很奇怪，什么人需要泡在水里看水鸟？管理员思考时，发现水中人不断变大，原来他在向自己游过来。

管理员目不转睛地看着他。情形一点也没变得正常，反而更奇怪了。管理员想，比方说泳姿就很离奇，他上半身为什么都没有变化，没有扑进水中并有所起伏呢？感觉是，有人在水下托举着他，把他从远处匀速平移过来。

水中人来得很快。离得更近了。靠在岸边了。上半身始终离奇地直立在水面上。

他在管理员脚前一米处。管理员低下头，乱发和胡须中的面目居然很清新，特别是那双眼睛，让管理员想起自己的弟弟。管理员看到，直到这时，他的手第一次由水中举起来，拂开了淤泥上的几丛杂草。湿地上这种草是数量第二多的草，在细且韧的草的茎秆上，点缀着棕红色的小花。他把它们往两边分开一些，为自己即将上岸腾清障碍。但在正式走上来前，他探问性地看着管理员，似乎在获取一个上岸许可。

管理员心头警铃大作，终于察觉到大大的不对劲：此处水深顶多三十厘米，那么，他身体的其他部分在哪儿呢？

就在这关键时刻，一个声音冷不丁插进来。是管理员的同事，问他今天午饭送来了，牛肉的和鸡肉的，他选哪一种。同事是通过他别在肩带上的对讲机在说话。管理员在这瞬间被点醒，对了，一名合格的管理员的工作操守是，发现异常第一时间要向值班室报告。入职考试的试卷上，有很多道情景选择题，每一题都是多选题，每一题你都必须勾选上这一项：向值班室报告。

你先选一个，我吃另一个，完毕！对讲机里的同事又说。

管理员抬手摸到对讲机，侧过头，但眼睛一秒钟都没离开脚下。他吸了一口气，然后说：嗯……他没想好说什么。

水中人松开手，开小花的杂草弹回原处。他的双手重新垂到身体两侧，小臂以下沉入水中。他继续盯着管理员，身体鬼魅般后退。刚刚好又退回到绿湖中央，他起初待的位置。然后他平稳地转体半周，向所知道的小湖通往园外的出口游过去。在那里水道变得狭窄迂回，附近密生一种又高又蓬松的草。第一次来的游客常有疑惑，为什么即便是晴天，也到处飘荡着一团团亚麻色的雾。它们就是公园里第一多的野草。管理员见他再次伸出结实的双手，左一下，右一下，拨开雾草。在他黑人辫子头一样的头顶上，水鸟飞过去了。游到多重雾草后，他不见了。

管理员无心理会盒饭，匆匆离开了湖边小径。他回到大路上，开走了停在那儿的巡逻车。平时，他和同事也用这种类似高尔夫球车的电动小车去接迷路的游客，游客只要能够到达设立在公园任何一处的指示牌旁边，在求助电话中清楚地说出牌子上的图案——长颈鹿、网球、鞋子、大菠萝，他们就能锁定位置；他们还用小车往公园角落运运东西。不久后的一天，管理员会用同一部车载上鸭脚男，从此和他结成伙伴，帮助他在公园藏身。

"这就是鸭脚男和工友的初次会面。"鸭脚男作者说。
"哇。"我说。

"补充一下,他开的是四人座小车,前后两排座位背靠背。我要写,当管理员来接鸭脚男时,借他两件衣服,一件他穿起来,一件盖下面。这样别人远远看去,只是园区普普通通的一幕。鸭脚男会坐在后排座位上,就是倒着坐,和管理员背靠背,暗示两人构成了相互支持的关系。车开起来了,他眼睛冷静地观察四周,他之前没机会从这样的角度看公园。"他预告道。

"但是,你先要写到他正式上岸,给管理员看过鸭脚,对吧?"我说,"然后你再安排他开车拉走他。"

"是要让他们先多见几次。一开始在公园里好像玩捉迷藏,岸上,水中,追追逃逃。水里的那个人时隐时现。然后他现出原形,再然后他们……"

"他们干湿交会。"

"谢谢你帮我梳理了时间线。你觉得开头怎么样?"

"可以。感觉是那种'说时迟那时快'类型的开头,其实事情没几分钟。"

"你是说慢?"

"不是,我是说'说时迟那时快'类型的开头。"

"还可以?"

"嗯,不错。"

"反正先想到这里。"鸭脚男作者奋力摇动粉色小象,他今天有点来劲,又说,"你再听听看这段,我们跳过去一点,讲他为什么长出鸭脚。"

管理员让鸭脚男躺到床上,想了想又安排他侧躺。他要看他的横截面。

做这件事的时间是在他们建立信任以后,地点是在一间闲置的宿舍。

一片日光斜穿过肮脏的玻璃窗,在房间墙上照出斑驳的亮区。

两人动作都很笨拙。最近用一把剪子修剪过头发、胡须的鸭脚男把他健美但短促的身体放到床上,挪了挪,躺好。被要求翻身时,他一条手臂屈起来垫到头下,眼睛鲜少眨动,视线跟随着管理员,保持安静。管理员弯腰以前,先比画着头和肩膀将要落下的角度,这一步就像运动员预习比赛动作,之后,他就着这点光线,往鸭脚男身体后方——或者叫身体末端,或者叫尽头,或者叫底部——飞快看了一下。管理员弯下腰后,几乎毫无停顿,立即重新站直。他胡乱拍拍躺着的人,也没留意是拍中腹部或手部,只是传达出我看好了的意思。鸭脚男会意,手撑床板爬起来,仍然看着他。配合宿舍气氛，投射在墙上的玻璃窗形状的亮区，时而变亮，时而又调暗一度。

管理员虽只一瞥，但像拍照一样，将底部的样子一五一十印进了脑中。

不完全是平的，鸭脚男身体尽头形成了一个微凸的曲面。在这个横截面的边缘处，皮肤皱褶中埋藏了一个孔，是解决排泄等问题用的——管理员的确好奇这个，但意不在此。他看到一条缝合手术的伤疤，很长，很长，很长，这条陈旧的疤痕纵贯横截面，将它一分两半，两只鸭脚各长一边。疤痕的一头坠入孔中。

不仅如此，管理员脑中如配备制图软件，可进一步处理画面。调亮，拉好明暗度，局部放大，他顺着缝合手术曾经咬进皮肤的每一个针脚，把整条凹凸不平的疤痕仔细看了一遍。然后他闭一下眼睛，把画面关上了。但那条疤痕好像虫子般扭动着钻进他心深处，牵引他到达记忆中的另一个画面。在那个画面上首先有一张病床，上面躺着一个病孩子，是小时候的弟弟，弟弟肚子上也有一条缝合刀口，很长，崭新。房间里还有两个人，是他们生性愚蠢又爱发疯的父母，他们毫不在意地弄毁小孩人生的第一部分，所以弟弟和自己这种人往后怎么也好不起来。被切开又缝上的弟弟后来也长大了，带上有疤的肚子四处去打工，如今落在哪个地方，是偶遇荣华或在涉险，也在到处流离的他不知道。

关于鸭脚男的身世，管理员想过多种可能，到这时才厘清一点头绪。鸭脚男并非接触了类似切尔诺贝利的辐射或者身中剧毒，导致他个体变异，更不是妈妈把他生成这样，是有人将他缝合成了怪物。他可能是某个泯灭人性的实验室的作品，或是邪恶马戏团定制的特型演员。他被人陷害至此，但他逃出来了，顺着江河湖海来到了自己的公园。

管理员抑制不住的恶心，在抽动的脸上也流露出来了，所以他转过身。

"等一下！"一个外来的声音进入宿舍，打断了他们。说话人是我。

房间里的两人霎时间完全静止。

"我的问题是，鸭脚男不能自己说说经历吗？"我说。

"他智力不高，但也不是弱智。"鸭脚男作者的声音跟着进来了，"显然他以前会说话，但是受害后，语言能力不全了，所以管理员只好亲自研究要害部位，才能作判断。另外，为奇怪的事情赋形是作家的义务，直接让人物说一句'我是缝出来的'，就没意思了。"

"这个下次再说。我还有个问题，鸭脚男这里穿衣服吗?"我说。

"啊!不知道,还没想好。"鸭脚男作者说。

宿舍里静止的鸭脚男身体在两种状态间变化,由赤裸到穿一件T恤,又到赤裸。

"那先穿吧。"鸭脚男作者说。

于是鸭脚男的上身被遮盖住。两人接续之前的动作和心理。

管理员感到恶心,不是因为鸭脚男的身体形状,是因为罪恶的形状暴露得太具体了。

管理员现在站到一张桌子前,心烦意乱地拨弄着桌上的一个袋子,袋子发出细碎的声音。他马上要回工作岗位,刚才对讲机里又一次响起同事的声音,你在哪里,没看到你,同事说,快回来哦,完毕!

管理员走之前,叮嘱鸭脚男两件事:

第一,最好别离开宿舍。如果脚痒,非想去游水,天黑后再去。万一不能在明天天亮前返回这里,就去"麦克风"那边等。你认识"麦克风"吗?他问鸭脚男。

以前住在这儿的某个员工,或许为了盖住墙上的霉点,贴了一大张公园景区导览图,麦克风标志在地图的边角,那地方游客罕至。如果管理员明天来这间宿舍没看到他,就会找机会去离麦克风最近的水边找他，把他接回来。他们每隔几天更换一个约定标志：风车、烈马、钟、郁金香。

第二件事情是，别再吃水鸟了。

他带了点吃的给他，就在桌上的塑料袋里。

管理员既担心鸭脚男被人目击，也多次跟他强调水鸟的问题，水鸟会间接暴露他的行踪。

比看横截面更早的某天，日光也是斜穿过宿舍玻璃窗，但角度不同，明亮的方块被钉在另一面墙上，就在方块旁边，管理员对照地图为鸭脚男详解了一遍公园地形。连通的水体在公园里兜了一大圈，途中串联起各区域。在其中，装满摄像头、人来人往的游客中心，绝对别去！野营地及相连的烧烤区和垂钓区，别去！手划船的小湖、自行车道的两边、观鸟台的视野范围内，远离！管理员的手指在地图上圈画，所到之处碰掉了灰，危险地带一一清晰呈现。最后，管理员在地图上大范围散状点戳，他一连点了太多处，图上出现了好多个亮亮的小点子，他警告鸭脚男：鸟，别碰！

比讲解地图更早的另一天，鸭脚男曾向管理员露过一手。

当时管理员去找鸭脚男，见有两样东西凸起在平坦的水面上，彼此离开得较远，一样是熟悉的鸭脚男，另一样是一只以管理员的经验来看很大的水鸟。水鸟身上黑白羽毛交织,仿佛两个棋手有事走了,下到一半的围棋留在它身上,头是黑色的,只有脖子上戴一圈绿色羽毛。管理员看到鸭脚男正在水里变矮,他沉下去了,水依次淹没他的胸口、下巴、额头,黑头发漂浮起来,然后也沉入水中。水面上便只剩那水鸟。鸟起初悠闲,突然间惊慌游动,随即想飞,但以它的体格起飞时需要扑打多次翅膀,所以注定太迟了。池塘杀手从它身下潜出水面,抓住它!这场搏杀让整面湖水波动,但很快平息。杀手拧螺丝般从绿羽毛处将它的脖子拧了两圈,脖子带着一颗头垂到杀手的胸口。管理员这时才重新呼吸,遥遥看见水鸟的眼睛是红色的,其中一只由生到死从湖面上一直紧盯自己。它个头真大,鸭脚男双手抱住它紧贴在身上,湿漉漉地慢慢游走了。

稍后,管理员绕到水岸另一侧,找到水鸟的遗骸并处理它。他看到时,它至少缺损了一半,那盘围棋铺在地上,半数棋子染着血。管理员能肯定,鸭脚男是故意让自己看到的,目的是展示他以前如何生活,必然,也是在炫耀实力——别看我只有半个人。

现在,回到管理员讲解地图并叫他别碰鸟的这天。

当时,鸭脚男的表情问:为什么?

因为，管理员像往常一样回答，为了安全。

他想了想又说：还有文明，人不能那样吃东西。

现在，回到看横截面的这天。

塑料袋里，还摆着管理员省下来的午饭。

管理员出了宿舍，回头检查了一遍门锁，在楼梯口他听了听动静，并向下观察着回形针形状的楼梯扶手，随后走下了楼。这栋楼离管理员值班室不远，他还未走进值班室，被玻璃窗上的人影吓了一跳。是跟自己搭班的同事。同事双脚站在靠窗摆放的办公桌后面，上半身连同双手越过桌面，蜥蜴一样趴在窗上。同事的目光富有深意，虽经过一层玻璃过滤，也让管理员心头一惊。

"你知道吗，刚才有段地方到了猥琐边上，差一点就脏脏的。"我说。

"哪里？"鸭脚男作者说。

"幸亏我及时赶到的那里。"

"讲那部分是必须的嘛，我都讲得很干净了。而且，如果是你碰到这种情况，你不想看看吗？"

"好吧。"我爬下马背，活动着身体。我感觉我们坐了有十几快二十分钟。我刚试探着说："那今天……"

"值班室里也有一张地图。"鸭脚男作者又说,"但是,请你仔细看,你看到了吗,它和我们刚刚看过的旧的那张有个别地方不同。道理是,公园都是动态的,树和池塘自己会发展,加上人也会再弄出一个新的景区,或者季节变了,封起一块地方用来培养植物,所以地图每过一段时间会更新。接下来,我们的管理员迎着同事的目光,走进贴了新版地图的值班室,和同事周旋了一番,搞得心情很差。后来他不逃避了,直视同事说:你眼睛怎么了?同事说:怎么了?他说:很红,在流脓,你眼睛病了。靠转移话题这招摆脱了纠缠。但我们知道,同事已经怀疑他了。"

"唉,我意思是……"但我动了恻隐之心,又说,"这就是前面出现过的人,让他先选盒饭的?"

"是同一个人。"

"先人后己的好同事。"

"二号管理员的设定是反派,是个变态!"

"啊?"我说。

"这点我也是才想到的,在很小的事情上过度谦让的人,是很可怕的。"

"啊?谦让盒饭可怕在哪儿?"

"想想看,连细枝末节都在意,就是说明他很爱计较了。

只不过刚开始是反过来的,他先给出一些东西,一个小恩惠、一小份温暖,小到你可以无视,他却跟你郑重地推来推去,其实就是太计较了。等时机成熟,他将会要求你把一丝一毫等于说是任何东西都交给他支配,之前的小小付出,是他下的定金,如果你不同意给他,那他到死都盯着你。朋友,小心这种人!"

我有点被说服了,人性禁不起分析,现在我也愿意相信二号管理员坏。好在我没碰到过这种人,除了乘飞机,没人叫我两份盒饭选一选。我又想,二号管理员会要求管理员拿出什么来报答呢,有什么东西大于他的盒饭情?

"这个人,是看出公园里有些秘密,要管理员分享给他,并且让他握有对秘密的掌控权,对吧?"

听我这么一说,朋友拍了下粗腿表扬道:"你对阴暗的东西蛮有感觉的。"

"谢谢你。"我说,"那今天……"

"管理员冷静下来,回忆着,刚才有样东西给他留下了特殊印象:同事发炎的眼睛。他想起了水鸟的眼睛。两只通红的眼睛一时都跑来面前,同事的眼睛,鸟的眼睛,分别从左右两边往中间移动,最后,两个瞳孔重合了!"鸭脚男作者从小象脸侧的两只扶手上脱开手,双手的拇指和食指圈起，比画着。

这时候，儿童乐园中忽然同时来了好几对父子母女，小孩颠着脸颊肉四处跑动，哇啦哇啦大声喊叫。"噢！"我催促他，"我们让一让。"

草地以和缓的坡度铺向下方。我们手上都拿着饮料，杯子外壁逐渐凝起水珠，这是经过公园小卖部时，我强烈暗示他买的。他恳求我再听一会儿。"还很早嘛。"他说。我说："不知道他们到了吗，快到了吧。要是我也去开幕酒会就好了，起码有点喝的。"是这样才喝到的。

不过我还是准备走了，我说："红眼睛出来，说明和鸟一样的那个人死定了。你的故事快讲完了吧。"

我也不是讨厌听，但怕被他拖住，万一变成长篇怎么办？我又想起鄙夷脸朋友，她是不是和这类青年交际得太有经验了，她了解，除了消磨时间，钱财什么的都得不到，于是借机遁走。

现在逛一逛，能辨别出公园是一个浅浅的漏斗形状，略高处是树林和游乐设施，中间最低处是我们起先来过的人工湖，湖边断断续续又植了一些树，我们正走在衔接高处和低处的环状草坪上。看他抱有遗憾的样子，我指着前方："好啦,让你讲到湖边。"我预备走下去后在湖边绕半圈,从另一边离开公园。

鸭脚男作者精神一振:"那我快点杀了他!"

二号管理员确信管理员在搞鬼。他有些碎片式的发现:草丛和树后闪过怪影;有两次他捡到死鸟,一只的翅膀从背部几乎撕裂,一只腹部洞开;一向受自己照顾的搭档对自己的态度变了,经常鬼鬼祟祟,开着电动车隐入公园深处;一次,他看到他扔垃圾,等他走开,他解开大袋子把东西倒在地上,是许许多多食品空盒和包装袋。他相信要不了多久,就能把碎片拼完整。

终于有一天,二号管理员跟踪管理员,目击了鸭脚男。没能看得很清楚,因为那东西飞快地跳进水里逃走了,但它有一具怪物的轮廓是没有错的。他开始折磨管理员,要求进入已窥知一二的秘密,他打探、要挟、勒索。

二号管理员丧命的地方,在宿舍墙上的旧版地图上叫"宇航员",在值班室的新版地图上没做标记。那位置经过改建,游客已不能进入,也就在新地图上省略不提。所以,二号管理员死于湿地公园的时空缝隙。

夜晚,在"宇航员"处,管理员和鸭脚男联手施行绞杀。二号管理员用一个奇异的姿势趴在地上。鸭脚男比了一些动作加上简单词汇，表示自己可以把他带去贴岸的湖底某处固定，并且每天都潜水下去加固，直到水边的树根长起来把尸骨圈住，他就和公园永不分开。这个方案可能最终效果好，缺点是，今晚的犯罪不能在今晚结束，鸭脚男每天都要再犯罪一次，所以管理员不同意。

他们决定按传统方式挖坑埋尸。原来看似普通的传统，总有它的道理。

无论瞄得多准，土撒下去，就落到旁边，二号管理员凸出来的红眼睛坚持看向自由的夜空和紧张的管理员。管理员不得不停下，掐喉咙和连续挖土让手抖得很厉害。他两手互握，彼此安抚。也不是非杀二号管理员不可，那家伙尽管爱凑热闹、找麻烦，但还算不上大奸大恶之徒。真正的大罪恶从遥远处无形地操弄自己，而自己不是詹姆斯·邦德，甚至找不到走进犯罪集团的路，问问他们为什么把鸭脚男搞成这样。可是，他又想，可是近在身边的小恶就是那么难忍，所以也是非杀他不可。

在管理员休息时，有节奏的铲土声不停，往下填土的仍然有两个人。管理员奇怪地把目光从下面抬起，看着尸坑对面。来人是自己的弟弟。

弟弟停留在大约五六年前自己最后见到的模样。管理员气喘吁吁地问：你怎么来了？他又问：你从哪里来？弟弟非常纯真地向这边笑了笑，继续在鸭脚男身边挥动铁锹。管理员加入了他们。弟弟也是赞同的，他边干边想。接着又铲起一锹土，这些土撒下去，终于盖住了红眼睛。

我们越过护卫小湖的那排树，站在人工湖的边上。清理湖岸线的两个工人不见了，能看出劳动成果从这里开始延续到那里，留下未完待续的部分。

"以后你发表这个故事，别人问起来，你就说灵感来自这里的两个工友。"我说，"你还要说到我。"

"对的。要说到你，在猥琐边上拉住了我。"鸭脚男作者说。

我们对着湖水，都叼住吸管，把杯子里的彩色果汁越吸越低。

他吐出吸管："后来……"

"唉，说好的。"我说。

"还需要一句，一句就结束了。"失信的他再次恳求。

鸭脚男有天游走了，他跟管理员同时明白，公园不是藏身之地。他发现了同路人，他在水里，它们在天空，是北迁的候鸟。他便决定往北。每当饥饿时，他就吃几个小导游。他来到一个新的湖，独自生活了几个月。

深秋来了，候鸟往南迁徙，万鸟消失时，鸭脚男完全回到了管理员初见的样子，头发、胡子更茂盛了。冬天来了，他直立着，冻死在结冰的湖中。

意识涣散前一刻，他抬起垂落的眼帘竭力一看，满湖都是鸭脚人，男女老少的鸭脚人，同自己一样赤裸身体，同自己一样直立在覆雪的碎冰湖面上。他们都朝向自己，静静地观摩自己的死亡。他想：从今往后，这湖就叫"半人湖"，我，标记了它。

管理员随后也离开了公园。秘密有两种，一种是确凿的，像公园地下的同事，他想忘了它；另一种是无法破解的疑问，自己想守护的事物为什么是这样，后来变成怎样。杀过人并且身怀两种秘密后，他的心境焕然一新，开始过另一种生活，也结交了新朋友。警察从没找过他，可是，他的手从那天起经常颤抖不停。

手允许的时候，就抓紧做些散工。手抖得太厉害的时候，每当别人问起，我们的前管理员就随意地编造故事，经常靠此招徕到一些友情：他这个人有家族遗传的神经系统的病，到年纪一只手先发病，然后双手俱抖；他出过严重车祸；有一年，他去远洋鱿鱼船上打工，在甲板上一手执钩，一手执快刀，分割新鲜鱿鱼，一个巨浪让船歪斜，令左右手互害；下一次，事故地点变成排骨工厂，工人身穿白色连帽工作服，分站两排，用另一种剔骨快刀处理在中间堆成山的排骨，有天，两帮不同背景的工友斗殴，他被无辜割伤。前管理员变换着各种各样的说法。

以上，就是鸭脚男和工友的故事。

鸭脚男作者越说越迟疑，最后，我们两个都呆住了。

过了一会儿，我问道："你发现了吗？"

"是的，好奇怪。"他困惑不解，"我是不是正在把断手伯乔编进来？"

"你这个故事为什么像在给他写前传？"我也说，"你潜意识里真的想讲的，是伯乔的故事吧！"

"我的潜意识？有这个可能吗？"他啜吸着果汁陷入思索，过后我感觉到他心态渐渐膨胀起来，"我们要是说，这就是伯乔的真实经历，可以吧？说不定他的确是瞒着我们杀过一个人。"

他看我的脸色住嘴了，但我看他无法割舍这个念头。

到这里，我真的得走了。他却还想转转，把故事里外想一想。忽然，我想到一个问题："我要顺着岸边这样走，如果你反过来走的话，我们岂不是在对面又要碰到了？"

鸭脚男作者承认我的推理是完美的。他出主意说，等下要是再碰到，万一我还想聊聊，就给他一个暗示，要是我的心情是相反的，那就给他另一个暗示，我们两人便装作互不认识。我们就这样约定好了。

我默背着第二个暗号绕湖逆时针而行。几分钟后，我扫视湖岸线寻找他，一两分钟后，又试了一次，我想，他是走到树后面并被什么吸引住了。等我时快时慢地到了湖之对岸，这个人也没出现。我继续往草地上走，快要走出公园，再上去就是外面的马路。这时我转过身。整个公园都在我眼前，它没什么嶙峋的棱角，非常圆润，那片小湖被端端正正地放在下面的中间，像一只好眼睛，或者一只年幼的眼睛。尽管如此，当云移动时切割了阳光，它便对我叵测地一眨。

余波(选段)

(英)蕾切尔·卡斯克/文 杨世祥 陈超美/译

每天早上我送女儿们去上学,下午再去接她们回来。我给她们整理房间,洗衣做饭,晚上陪她们做作业,吃完了饭送她们上床睡觉,余下的时间互不打扰。每隔几天她们就会去前夫那里,然后家里就空了,只有我一个人在。一开始我很难适应,但现在已经无可无不可了。只是在这独处之中,我察觉到一种坚定而空洞的东西,尽管空洞,却又对我有些隐隐的指责。这是多年以来,第一次没有人对我有所期待或要求。离婚后的独处仿佛是我的战利品,是我经历了无尽的龃龉与撕扯之后得到的补偿。我享受这独处,像药膳一样吞下去。就这样,我走了下去。

你不是说自己是女性主义者吗?在离婚之后陌生又酸涩的几周里,前夫神情厌恶地对我说。他这么说,是因为他觉得在我们的婚姻里，他扮演了妻子的角色，因此我理应站在女性主义的立场，对作为"男权压迫者"的我自己予以道义上的讨伐。他觉得买东西、做饭、接孩子上下学是女人的本职。然而，我自己做这些事情的时候，恰恰最意识不到自己的性别。在我看来，我妈妈履行她作为母亲的职责时，绝对与"美丽"毫无关系。这些职责并没有增益她的女人味，而是恰恰相反。小时候，我们住在萨福克郡的一个平原村庄里。我记得，妈妈喜欢打电话，她的声音犹如自言自语，听起来余音绕耳，分外迷人。我感觉她说的每句话都像有剧本台词，笑容也略显做作。我怀疑她像演员一般，使用了特殊的声线。这个打电话的女人是谁呢？我认识的妈妈，是从内部认识的。我栖息在她的欢悦、她的愠怒、她的百无聊赖所构筑的世界里，从内部分享她的悲喜。正因为身在其中，我无从知晓妈妈的外在面具。是啊，我怎么可能知道母亲的样子呢？怎么可能看清她？同样，她对我的关注总是不露声色，像心灵深处的眼睛，从不直视，而是从暗处投来无言的一瞥，分享着我对自己的隐秘认知。

只有当她和外人在一起时，我才能够客观地观察她。有时候她请女性友人来家吃午饭，某个刹那，我看到了妈妈的脸。我忽然可以看到她了，把她和别的女人较短量长。我能看得出有人喜欢她、有人嫉妒她、有人惹她生气,能看到她的怪癖、她的气场,所有这些我从内部是看不到的。每当这种时候,她的人格(我的栖身之地)就像一栋乌洞洞的空房子,我无由进入,要是我敲门,就会被轻率甚至粗暴地打发走。她的存在原本是无际无央的,看似漫不经心,却无处不在,但此时好似被打包卷走了。她也被锁在外面,暂时摆脱了"做自己"的负累,而换上了表演的面具。这时,她变成了故事,这故事不好也不坏。

妈妈的朋友通常也是为人妻、为人母的女人。我了解这些女人,她们看似妆容精致、谈吐得体,但似乎都被一种磁场所吸引——打个地理上的比方,就像城市吸引着周围的乡村一般。你或许永远不曾到过乡下,但你也知道它一定存在。不过妈妈有个朋友却与众不同,她叫莎莉。当时我不明所以,但现在我知道了,因为莎莉没有孩子。她个子高高的,是个聪明的女人,但脸上总透着悲戚的神情,唇角眉梢都是忧郁之色。有一次她来我家,妈妈做了个巧克力蛋糕,并准备教她制作方法。莎莉说:"如果这蛋糕是我做的,我就一口气吃个干净。"我从来没有听说过有女人吃完整个蛋糕的。我觉得这是个伟大的壮举,就好比一个女人力能扛鼎。但我看得出来,妈妈不喜欢这句话。从某种隐晦的意义上说，莎莉已经退出性别角色这场游戏了。不期然间，她在女性身份的高墙上叩开了一个缺口，让我难得地看到了另一种风光。

生命中，总有些无法预知的事，比如战争。士兵第一次走上战场，面对全副武装的敌人，不知道自己会如何表现。自己究竟是个冷酷无情的杀人机器，还是个畏敌退缩的懦夫，他无从知晓。直至狭路相逢的一刹那，答案才会揭晓。但在此之前，一切都是未知。

丈夫说，所有东西都要对半分，包括孩子。不可能，我答道。对话发生在电话里。我望向窗外方方正正的花坛，这城市里无数大大小小的方框中不起眼的一个。流浪猫游走其间，近来无人侍弄，花坛已芜秽丛生，杂草从苗圃里溢出来。草长得很高，像长发一样飘摇。但无论多么杂乱，花坛的网格都不会改变。总有另一些方框限定着花坛的形状。

人没法分成两半，我说。

那她们有一半时间要来我这儿，他答道。

她们是我的孩子，我回敬道。她们属于我。

古希腊悲剧中，每当有人类角色遭到中伤或诽谤，随即而来的就是变故与死亡。变即死，死即变。复仇的母亲、自私的父亲、病态的家庭、嗜血的子嗣……，在古希腊戏剧中比比皆是，然而这血腥的路途，最终却通向民主与正义。孩子们属于我——以前我一定会抨击这种占有欲，但是，生命中总有些事是无法预知的。这种可怕的异端邪说是从何处酝酿的？它原本就是我内心的一部分吗？可我们全家素来笃信人人平等，这么多年来这种想法又潜藏于何处呢？母亲时常会说起英国早期的天主教徒，他们被迫隐秘生活、秘密敬拜，有时候甚至不得不躲在柜子里或地板下面。她觉得，既然虔诚信奉，何须偷偷摸摸？这似乎是极其不可思议的。究竟是真理遭受了迫害，还是说，我们的生活方式本身已经走上了邪路？

我控制不住自己，又说了一遍：孩子是我的。我是对朋友埃莉诺说的。埃莉诺有工作，常常出差，一走就是几星期。她不在家的时候，孩子就给丈夫带。他把孩子哄睡着，第二天早上再交给保姆照看。听了我的话，埃莉诺噘起嘴，略带不满地摇了摇头。孩子既是你这个当妈的，也是孩子她爹的，她说。同样的话我又说给了另一个朋友安娜。她是全职妈妈，在家照看着四个孩子。安娜的丈夫工作繁忙，常常早出晚归，因此大部分时间照顾孩子是她一个人的事，和我现在的情况一样。是的，安娜说，她们是你的孩子，她们需要你，她们也是你人生的头等大事。

我感到，自己与女儿们的血缘纽带早已被判处流放了。又或者说，我作为母亲的身份也被否认了吧。妊娠如朝圣，长途漫漫，此间有奇迹发生，也有屈辱降临，最终通向分娩的圣坛。成为母亲，意味着我的私密世界的每个角落都遭受一轮洗劫，然后缓慢重建。然而随着时间的推移，所有这些都被有意无意地遗忘了。正如现代文明建立在黑暗的中世纪之上，它们也成了这个家庭的曙光到来之前的寂寂长夜。这是一个静默的约定，此间也有我的角色——我在其中取得了名义上和男人平等的地位，条件是我不会张口便是母亲如何伟大、高尚云云。这套说辞就像伏都巫术，在它面前，性别平权的现代思维简直荒诞不经，反之亦然。有次吃晚饭时，母亲声泪俱下，激动地指责我们从未感谢过她的生育之恩。那时我们只有十几岁，早已见怪不怪了，甚至残忍地拿这件事开玩笑。我们心里不舒服，的确，受到这种不公正的谴责，谁能坦然受之呢？是不是父亲也要感谢她生下我们，让他的肉身、灵魂与生命得以延续？毫无道理。母亲固然牺牲了很多，但父亲也做出了他的贡献。她应该感谢父亲，至少得做做表面文章。多年来，父亲准时上班，准时回家，像一辆永远准点的瑞士火车，与情绪不稳定的她大相径庭。女人就是蛮不讲理、小题大做、铺张无度，她搞出一堆麻烦，最后都要父亲来解决。从这个意义上说，正是父亲的理性造成了母亲失去理性。没有人会把出生看作一种馈赠，她怎么能期望我们为此对她心怀感激呢？我们通过她而降生，投入生活的滚滚洪流。她像是自然的代表，主宰万物，只不过自然大音希声，而我们的这位主宰者则严苛暴躁了些。她像自然一样化育群生，但我们的生存不能仅仅依靠感恩戴德。相反，对于她的馈赠，我们要驯服之、垦拓之，把最终的成果都算作自己的功劳。这才是"文明"的做法，对吧？

父亲和上帝是一样的，二者都通过缺席表达自己的在场。这就是人性吧，我们更容易对一个不在身边的人心怀感恩。他也响应"文明"的号召，作为文明人和我们结盟，联合对抗母亲如异教信仰般的"歪理邪说"，对抗她那周期性的情绪爆发，以及她那永远凝视着过往灰埃，企盼着未来慰藉的空洞的目光。她的这些"主妇病"不知何所从来：既非人母的共性，亦非她自身的性格，而是源自这两点的结合——古往今来，女人喜怒无常的原因都是如此。当然，我知道她也曾经有过自己的现实，曾经真切地生活在现实的时空。家里的壁炉旁挂着父亲和母亲的婚纱照，照片中的母亲身形袅娜，风姿绰约，叫人忍不住多看上一眼。一袭白色婚纱、柳腰款款、笑靥盈盈的母亲，总让我想起神圣祭坛上待宰的羔羊。她娇小的身躯，像一颗纤小紧实的种子。婚纱照的隐秘精髓，不就是突显新娘的娇小吗？在她细微雕琢的美丽中，已埋下了我们未来人生的伏笔。如今，她青春靓丽的容颜也已凋萎，像从地球腹部抽取出来的石油，燃烧殆尽只剩下残渣。对的，石油，我们这个杂乱、喧嚣、浮华的文明的动力来源。有时候，看着那张婚纱照，我在想，我的家庭就像是母亲原本美丽的身躯逐渐肿胀、肥大的产物。

在这个复杂的世界里，女人美貌的概念变得越发复杂，就好比移民对于故园的概念一样。从母亲到我，不仅是简单的代际传递，还伴随着某种程度的流散与迁徙。母亲的子宫是我的出生地，但我的国籍却是父亲给的。她曾热切渴望着为人妇、为人母，渴望着被一个男人爱恋、拥有，从而获得合法的身份。我是她的渴望结出的果实。但到了我这一代，赋予自身合法性却成了自己的任务。然而，父亲那种功成名就、供养家庭的自我期许，同样不适合我：那就像为别人量身定做的衣服，穿上去有些别扭，殊无女儿气质，但总比光着身子好。因此，我怀揣雄性的抱负，一路考高分、拿绩点，得到了外在的认可。我考进了牛津，妹妹考进了剑桥，然后移民到性别平等的国度，让下一代融入当地社会。

一个人的成长既受到父母言传身教的影响，更由他们的本质身份所决定。但当他们言行不一时，又会怎么样呢？父亲作为一个男人，向他的女儿们传输男性的价值观，这无可厚非；然而我的母亲，一个女人，也是如此。所以，心口不一、脑臀分离的是我的母亲。我们接受的固然是父母的观念传统，但每一代人更有属于自己的历史坐标。在20世纪末的英国，如果母亲告诉我们不用担心数学，将来找个好丈夫来养自己才最重要，我们肯定会嗤之以鼻。但在她自己年轻的时候，外婆可能正是这样告诉她的。作为一介女流，除了那些掺杂了男性价值观的教导，她没有什么可以留给我们的。而我的故园——她那曾经袅娜曼妙的体貌，已经荒芜凋零，和我萨福克郡老家的乡村一样，随着岁月的流逝，被修建的新路和房屋破坏殆尽，诗意的田园风貌已荡然无存，每每刺痛我那过度敏感的眼睛。那是我出生的地方，曾经有着婀娜的女性之美，但我对它一无所知，不会说当地的语言，也不了解那里的风土人情。在这个我有公民身份的女性世界里，我是彻底的异乡人。

C / 访谈

希拉·海蒂：

这个世界并不渴求女性在智识层面的贡献

张悦然 / 采访

1. 在成长过程中，你一定读过很多传统的小说，它们更讲求完整的故事、严谨的结构、饱满的人物。那种小说标准在你的创作初期，是否曾对你造成过困扰？你是怎么摆脱这些困扰的？

我认为，直到开始接触那些用我不熟悉的方式讲故事的作家，我才真正对"变成作家"这件事感到激动。十五岁的时候我读了卡夫卡的《变形记》，它改变了我内心的一些东西，让我意识到，作家原来可以用任何方式写作。读卡夫卡的作品之前，我一直试图仿照我熟悉的那类更传统的小说，用一种更传统的方式写作。结果却发现，写作这件事变得令人失望和沮丧，就好像我没能达到什么标准一样。一旦意识到写作其实是完全自由的,"传统标准"就再也不会困扰我了。我继续寻找那些用特有的方式写作,不被范式束缚的作家,比如安托南·阿尔托、阿尔弗雷德·雅里以及简·鲍尔斯。

2. 在你的写作道路上,哪些作家是偶像和榜样?

年轻的时候我想成为一名剧作家,因此我被品特和贝克特的语言逻辑深深影响。我很喜欢英国剧作家乔·奥顿,他非常有趣。早些年,库尔特·冯内古特的人性和不羁风格对我的影响也很大。我还喜欢让·科克托、亨利·米勒和阿娜伊斯·宁——这些人的生活似乎与写作一样重要;对他们来说,生活与写作之间仿佛没有区隔。这看起来好极了,我一直想拥有富于戏剧性的生活,充满冒险、爱、性和思考,同时也被写作填满。

3. 你觉得写作是一种对他人的"掠夺"吗?你的小说通常会使用一些现实生活里的人物,比如你的朋友、伴侣、父母。你在使用他们的时候,有没有一些底线或者禁忌?

我会把书稿拿给书中出现的朋友看,征求他们的同意。

如果有人对其中的内容有意见，我就会把它删掉。我珍视我的书，但也极其珍视友谊。我不觉得一个作家必须当坏人才能写出好书；我认为在理想的情况下，写书会让人变得更敏感、更有道德。我知道什么东西会让人难堪或者羞愧，什么东西不会，所以很少遇到有人让我不要发表某些内容的情况。我把自己写的东西称为"小说"，这也是一层保护。我觉得我没有掠夺任何人的生活，除了我自己的。我在《何以为人？》一书中写到了我与马尔戈·威廉森的友谊，而她当时在拍一部电影，我就在其中扮演我自己，所以，是我们两个一起探索这片陌生领域。这是一种相互的探索，而不仅仅是我在艺术作品中利用她！

4. 在《房间里的母亲》里，我觉得你对母亲的书写，似乎比你对伴侣的书写更深入也更"残酷"。当然，这是因为《房间里的母亲》是一本和"母亲"有关的书。不过，是否也有可能是因为，你和母亲的关系基本已经定型，但你和伴侣的关系仍在变动之中？你是否察觉，在使用真实人物的时候，用书写去触及他们的方式也会有所不同？

哦，我觉得两种关系都很不稳定，但我并不是真的想在书里描写我和母亲、我和伴侣的关系。我对那种准确性不太感兴趣。我想写一本优美的小说，写一些关于思想的东西，写一个身处特定地点、特定人群中的女人。所以我利用了现实生活中的一些想法、感受和印象，来创造一个有趣的场景，但我也摒弃了现实中的很多东西，还编造了一些东西。我希望给读者营造的感觉是，一个女人，在没有母亲和伴侣帮助的情况下，孤独地思考母职问题。在现实生活中，我的境遇有所不同。我并不像书中的主人公那么孤独，我的伴侣没有那么冷漠，我的母亲也没有那么苛刻。

5. 你的小说总像一个正在进行的项目、一份实验报告。你向读者展示你面对它、完成它的过程。这种同步性和开放性，似乎是你有意追求的，你认为这一点为什么重要？在开始写一部小说的时候，你从来都不知道它的结尾吗？小说最终的结尾，在你看来是否具有一定的偶然性？

针对第一个问题，是的，我认为一本书承认自己是一本书，或者一个作者承认自己写下的是一本书，是一件很有意思的事。至少对我来说很有意思。我既想隐藏劳作的过程，又想展示它。我既想隐藏技巧，又想展示技巧。我想提醒读者，他们手中的书是经过思考、经过制作而成的；但我也想让读者感觉到，他们实际上是与自己的思想相遇，而不是在阅读一本书。我想要很多互相矛盾的东西！

至于第二个问题，答案是否定的。当我开始写一部小说时，并不知道它的结局是什么。除了主题和情绪，我对它的了解并不多。但是一个合理的结尾对我来说非常重要。结尾不仅要以一种令人满意的方式结束整本书，还要以某种方式改变之前的一切。

6. 你说过在写《房间里的母亲》时，并不知道最终会不会生养孩子。假设你决定生一个孩子，你也会用小说真实地记录那个过程，那部小说和这部小说的结尾将会截然不同，它们所表达的含义也会有所不同。我们是否可以说，做不做母亲，会使你成为不同的作家？

我之所以选择"做不做母亲"这个主题，是因为我对一个人如何做决定、如何不做决定很感兴趣；我对一个人怎样看待自己的人生很感兴趣——是命运？是意外？还是选择？对我来说，这是人生最大的奥秘之一！到底采取哪种态度，是"一切本可以不一样"，还是"人生中的一切都是命中注定"？我觉得，把这些问题与要不要孩子的问题联系起来思考是最好的办法，因为一旦有了孩子，你就无法收回这个决定了。这不像结婚，因为总还可以离婚，然后忘掉第一次婚姻。因此，我选择了把这个问题作为书的主题，因为这是女主角努力想要解决的问题。我并不那么关心人是否应该有个孩子，我关心的是"做决定"的普遍意义，是不做决定的意义，也是试图主宰自己人生的意义——不论一个人到底能不能主宰自己的人生。

7. 你认为自己是一个自传体作家吗？你认为女性自传体叙事和男性自传体叙事相比，有何不同？

我并没有把自己视为自传体作家。在我看来，这个词意味着一个人愿意向人们讲述自己的生活，而我不是这样的。我使用了自己的生活，因为它离我很近，我可以仔细检视它——就像你刚才说的，和在实验室里一样。但我认为，我生而为人的经历并没有多少独特之处。我写我自己，只是因为这是描写人类的一种方式，而不是因为我对自己多么感兴趣。我真正好奇的是，人是什么，身为一个人的怪异之处是什么，其实就连出生这件事都相当怪异。我认为，自传体作家是对"自我的存在"这个事实感兴趣的人。我对这个事实不感兴趣（比如我出生在多伦多，或者其他什么事情）。我感兴趣的是，身为一个人所具有的普遍的、共通的怪异性。

8. 你的小说总是充满哲思。你认为在小说里进行这些思考，与在回忆录里有何不同？有时候，智慧也会成为叙事的负累吗？

对我来说，思考就是叙述。思考是我们叙述自己生活的方式。我可以想象，如果要写一部警匪小说，过度陷入书中人物的思考确实可能阻碍情节发展，但对我而言，情节就是思考。对我而言，思考就是这场冒险本身。

关于回忆录，我不知道该说些什么。我不写回忆录，之所以在书中纳入哲学性的思考，是因为对我来说，这就是生活的一部分：作为一个人，最迷人的事之一就是，你可以思考生而为人这个问题，并且对此惊叹不已。我在日常生活中经常这样做，所以在小说里当然也会这样写。思考，并对我们的处境感到惊叹，是存在的特权之一，也是存在的最大意义之一。

9. 你最新的小说《纯色》（ Pure Colour ）和你的其他作品比起来，少了些自传性的色彩（我们可以知道，它依然与你的个人经历密切相关，是为了缅怀你去世的父亲，但它毕竟没有直接地使用你的个人经历）。你似乎不再以自己为研究对象，为什么会有这种变化？这是一条岔路，还是你写作的新方向呢？

《纯色》其实和其他书一样贴近我的生活。看似不可思议，但这是事实！对我来说，它甚至比别的书更贴近我的生活，也更亲切。我觉得这并不是一个新方向。当然了，处于哀恸状态和不处于哀恸状态是截然不同的。对我来说，那种感觉就像服用了致幻药物——我所处的现实被改变了。因此，书中"另一重现实"的感觉恰恰真实反映了我当时的生活体验。

10. 你在《房间里的母亲》中提到，接近四十岁，你在穿过马路的时候，不再感觉到男人们的目光在追逐你，那个时候你感觉到一种自由。你是否认为，随着年纪增长，女性的自由会越来越多？托卡尔丘克在《云游》里也写过，老年女性具有一种隐身般的存在状态。你认为这是一种理想的存在吗？

我没有觉得自己隐身。你也知道，所有这些说法——

女性随着年龄增长而摆脱了男性凝视之类，都意味着这个女人年轻的时候非常漂亮，始终处于男人的注视之下。我的生活从来都不是这样。我年轻的时候也不是美女。当然，年轻的时候会有男人拦住我，跟我说话，现在这种情况少了一些，但这并不是我变老过程中的最大变化。我确实认为，随着年龄的增长，无论是女性还是男性都会有更大的自由。你开始明白哪些东西重要，哪些不重要，这就是一种自由。你不会把所有时间都花在担心各种愚蠢的琐事上，那类事情毫无疑问是自由的阻碍。

11. 在对费兰特所做的采访里，你提出这样一个问题，"那不勒斯四部曲"以及萨博·玛格达的《门》里的女性知识分子，似乎都需要受到一个更低阶层女性的启示，或从她身上汲取智慧和灵感，这好像表现出，她们无法理所当然地相信智慧来自她们本身。你自己是如何看待这个问题的？

我认为，这个世界确实并不渴求女性在智识层面的贡献。当女性做出智识层面的贡献时，似乎只是提供了一些"额外的东西"，而不是这个世界迫切需要的东西。这个世界更需要女性的照顾，或者美貌。我只能说，我努力将自己的思想置入这个世界。我想通过我的书，将思想置入这个世界。有太多的东西需要纠正、需要表达和展示，也有太多表达和展示的方式尚未被探索。

12. 你的一些作品是和朋友一起完成的，比如在较早的作品《何以为人？》中，你邀请画家朋友米沙进入写作，成为你笔下的人物；再比如你的一个视觉项目；最近，你又和 ChatGPT 联合创作了一篇小说。你似乎并不在意"作者"的唯一性。你是如何看待"联合作者"的？在未来，你还会继续进行这方面的探索吗？

我认为，我是这些作品的作者。在上述所有情形中，我都不把自己视为共同作者。因为点子是我的，最终作品的结构和形式也都是我的。当然，我确实使用了米沙或者艾丽斯的话，但是做这件事的点子是我自己想出来的。我看到了它的潜力，也构想了它的形态。"联合作者"听起来就像是两个人对作品进行过大量讨论，但在我的前述作品中，并没有发生类似的事。米沙讨厌写作，他有意把一切都交给我，就连依据他的知识写一本书这个决定也是我想到的。我的想法是，身为一个作家，我自己的文字并不是最好玩的东西。有时候，别人的文字反而更有趣，因为它们不像我自己的文字那么熟悉。

至于聊天机器人，它应对世界的方式和人类完全不同。我很想知道，在这个历史阶段，人工智能会如何理解人类的生活。我认为，我会永远对别人的思想感兴趣——朋友的思想、机器人的思想……对我来说，作者是将注意力转向世界的人。作者是叫大家"看这里"的人，是创造出美丽的形状供大家观赏的人。

蕾切尔·卡斯克：

当人们问我，
为什么你就不能爱自己的孩子、
放过自己呢？

张悦然 / 采访

张悦然： 你说过，正是因为《成为母亲》和《余波》（*Aftermath*）等书引起了争议，你才决定在下一部小说中去掉"自己"。因此，才有了《一个知识女性的思考系列》中的神秘叙述者。我们是否可以这样说，在某种程度上，你之前写的几部回忆录塑造并影响了后来作品的风格？

卡斯克： 是的，肯定是这样。这个变化过程可能没有那么清晰，但《成为母亲》是我在二十三年前写的，所以我认为，这是两个非常不同的阶段。《余波》这本关于离婚的书促使我的思想发生了一些变化，我的写作态度也发生了变化，我想有点类似于离婚这件事本身，也许正是出于一种质疑，对我们所处的现实结构的质疑。比如说，一旦你揭开了婚姻的表象，这种变化似乎就显得很自然了。因此，我的这些作品也在质疑文学的表象。从某种程度上讲，我的作品受到攻击，确实也促使我做出了改变。我需要更多的伪装。但还有另外一个层面的问题，那就是，我并不是只想在写作中隐藏自己，这不是我在艺术层面特别认可的做法。这只是一种感觉，涉及自我认同如何在生活中发挥作用。

张悦然：你为什么选择将《成为母亲》写成回忆录，而不是自传体小说？我们都知道它在当时引起了一些争议——假如它是一部小说，争议会小一些吗？

卡斯克：我的感觉是，这些经验不可能成为小说，因为关键就在于经历的真实性。关键在于，你经历这些的时候一秒钟都不能放松警惕，尤其是成为母亲的时候，你必须做自己，这才是最重要的。《成为母亲》记录的是我生孩子和离婚的经历。这些都是非常特殊的人生阶段，在这些时期，你不可能逃避自我。阅读小说大概算是一种逃离自我的体验。对我来说非常重要的一点是，我作为一个人，不管是作为真实的自我还是别的自我，从现实的内部去写这些经验，去告诉大家这一切是真实的。这非常重要。

张悦然：《成为母亲》《余波》出版之后，有读者和你在书中写到的人攻击你。你是否认为自己突破了自传体写作的叙事界限？你觉得你的回忆录是在考验读者对女作家的容忍度吗？

卡斯克：我也不确定。我担心的是，当你进入这些领域时，你所创造的东西实际上是一种模仿，是对现实的伪造。因为对我来说，这是一个在道德上和技术上都非常复杂的命题。一个很简单的事实是，当你刚有一个小孩的时候，你怎么能同时当一个作家呢？这是个大问题。我认为，女性经验有一个令人惊讶的特点，就是它总让人感觉好像从来没人经历过、从来没有人说出过真相。但其实，人们在过去已经说出真相了。似乎每过一代人，"非真相"都会改头换面，占据主导地位。关于《成为母亲》这本书，让我感到惊讶的一点是，我在二十三年前写了这本书，但现在的年轻人，尤其是年轻女性还在说，写得太真实了！我想，什么都没有改变。

张悦然：是的，我也想说太真实了。大概是在我的孩子三四岁的时候，我读了你的《成为母亲》。它太真实了。真实本身就是对不堪忍受之重负的一种分担，谢谢你写了这本书。

卡斯克：写起来真的很难。

张悦然：你曾说过，你认为在当今的小说中，"人物"已经不再重要，或者说已经完全消亡了。但另一方面，我们也可以看到，在这个时代，仍然有像《奥丽芙·基特里奇》《我的天才女友》这样基于人物的小说，而且在小说读者越来越少的时代，它们似乎也拉回了一些读者。你如何看待这些小说？你认为读者还需要人物吗？

卡斯克：我不同意读者在减少的说法。我认为人们仍然在阅读。世界上的人变多了，但我想阅读小说的人还是和原来一样多，一直都是这些人在阅读，也可能多了一些。

我认为你举的这些例子很好地解释了人物的重要性，也说明了人物如果要以我们惯常理解的方式存在，需要些什么。以《奥丽芙·基特里奇》为例，一个人长期生活在一个固定的社区里，和一群固定的人建立联系，然后你就能展示出这个人物了。在埃莱娜·费兰特的小说中，人物的身份就是意大利人。

我并不是说作者不能塑造人物，完全可以，但人物所起的作用已经不同以往了。在我看来，人物不再是我们体验自身或者体验彼此的方式，它的意义降低了，因此，我认为小说中呈现的人物与现实存在之间的距离变远了。所以，当作家使用人物作为小说的结构时，就冒着偏离事物真实面貌的风险。以这种方式创造出来的是一个纯粹的幻想世界或者叙事世界，与现实世界并没有紧密的联系。但也要分情况。我说的是我熟悉的世界。也许在其他地方，人物仍然是人类经验的基石。

张悦然：你认为读者，尤其是年轻一代读者，仍然需要人物吗？还是说他们已经有了变化？

卡斯克：我不知道……

张悦然：但是你有很多年轻读者。

卡斯克：是的。我举个例子，很多年轻人都读萨莉·鲁尼的书。在我看来，这些书是用一种或几种声音来谈论事情，谈论个人的重大经历和个人生活，但我认为读者观看人物生活的方式已经不一样了。读者不再像以前一样"逃进"人物里，在这些作品里，人物的功能发生了变化，它不再是一种逃离、一种逃避现实的形式。读者更多的是去发现这些虚构人物的经历，并与自己的经历做类比。我认为有一个重要的因素，就是你能感知到作者自己的经验，你在书中会非常清晰地知道他们写的不是虚构出来的东西。你会感知到作者经历过一些事情，他们所创造的是一种对个人经验的描绘，只是会稍微含蓄一点。萨莉·鲁尼笔下的人物与19世纪的小说人物很不一样，因为正如我所说，读者已经不在传统的19世纪小说里了，那时候作者与人物之间的联系并不清晰，人物是由全能的作者创造出来的，就像真人一样，是独立的存在，你甚至可以跟这些人物展开对话。但我觉得，人们不会相信萨莉·鲁尼小说中的人物是像简·爱那样独立的存在。

张悦然： 你曾说过，在写作之前，整部小说已经在脑海中一字不差地完成了，最后一步就是坐下、把它写出来。写完之后，你通常不需要再改动什么。我想知道，这种写作方式是如何形成的？因为一般来说，我们需要对纸上的故事进行检查和评估，以判断它的好坏。你是如何"跳过"这个过程的？这是否意味着你对自己的写作有足够的信心？在写《第二处》的时候，你是否仍然采用了这种写作方式？有没有遇到什么困难？

卡斯克： 其实是因为我有孩子。

张悦然：所以没有足够的时间写作。

卡斯克：对,我不得不把所有东西都记在脑子里,因为没法坐在那里把它们写下来。我养成了在脑子里记东西的习惯,记下大量的句子,还能很快地写下来。但实际上我刚刚写了一本新书,过程很不一样。这次我还是不怎么修改。如果效果不好,我就把它扔到一边,再写一遍。我觉得刚写的这本书感觉要好得多。但是要找到正确的方式并把它写好,也更困难一些。这本书六月就要出版了。整个过程很有意思。

张悦然：《第二处》也是以这种方式写的吗?

卡斯克：让我想想《第二处》的写作过程是怎样的……我觉得《第二处》的写作对我来说更重要,因为它有一种新的声音,一个人与其他人对话,从本质上讲它有自己的逻辑,另一方面也有点像《一个知识女性的思考系列》,一旦我定下了规则,确定了这本书将是什么形态,就可以比较连贯地写下去。是的,我想《第二处》写得很连贯,而我刚刚写完的那本书花了更长的时间。

张悦然：你似乎不喜欢和别人讨论自己的作品初稿,但在创意写作教学中，这是传统课堂的必要元素。我想知道你是如何上写作课的，是否向学生们传授过你的特殊方法？

卡斯克：是的，我讲过不少。现在我已经不教书了，但我认为，写作的发展源于变化，源于对写作的新理解，也就是说，要对写作是什么，它的各个要素如何运转有新的理解。在同一份初稿上反复修改，并不能带来变化和进步。

我认为，身为一名教师，我的工作或者说我能做的事，就是给人们提供更好的写作方法，向他们展示新的表达领域，让他们摆脱那些固有的认知，摆脱对作家的想象，摆脱他们认为塑造了作家这个身份的种种要素。在我看来，这些东西当中有很大一部分都和所谓的人格一样，是一种束缚——我们认为自己是这样或那样的人，认为我们的命运被这些东西主宰了。我只是想让人们知道，他们的写作是如何被这些观念影响的，其实不必如此，你完全可以自由选择，可以更多地去掌控自己所写的东西。

张悦然：你喜欢教写作吗？你从中学到了什么？是什么让你放弃了教职？

卡斯克：我喜欢教课。我喜欢用一种完全技术性的方式去思考写作和谈论写作。我感觉当老师很累，因为我总是对学生说，在这门课上你们什么都不知道，而我什么都知道，你们不需要对其他同学的作品发表意见，那是我的工作。我在教学中要做很多工作。我不会坐在一边让其他人来干，所以就很累。有些人觉得这种方法太辛苦，但对我来说，这是非常积极的经历。我离开教职是因为我所在的大学换了领导，来了一批新人，他们非常反对将创意写作当成一门课来教授。环境变得非常糟糕，于是我离开了。

张悦然：很多人将你的作品贴上明确的女性主义标签，你认为这种理解是正确的，还是过于狭隘？

卡斯克：我决不会远离女性主义，也决不会否认女性主义。但我认为，我的写作并不特别政治化。它更哲学化，而不是政治化。我一直坚定去做的事就是以哲学的眼光去看待女性经验。我认为这是两方面的结合：一是写作源于对自我的理解——道德层面的一般理解；二是通过自我的媒介，对"存在"进行审视。因此，在艺术层面，这就是我所处的位置，而我自己恰好是女性。这很吸引人，也很有趣，我花了不少时间。我已经写了三十年书，仍然没有从哲学的角度看清女性的问题。关于女性特质，有太多的问题需要确立、研究和描述。这么说很容易遭到反对，但女性主义不是我的出发点，也不是我的动机。只不过是我的作品被归入了这个范畴，人们把我的作品视为女性主义作品。这不是我写作的初衷。

张悦然：这样的写作方式是否对你的个人生活产生了影响？具体表现在哪些方面？

卡斯克：我认为，这可能带来了很多压力和悲伤。如果有人效仿我，就很难拥有传统的、正常的关系。对我的孩子来说也非常困难。我为此付出了不少代价，也得到了很多回报。我下定决心不自我隔离，不去说"我是艺术家、我是知识分子"。我一直努力以最平常的方式生活，从不认为自己处于一种拥有艺术特权的位置。我也拒绝自私自利的生活方式。我越来越感到这种写作方式和生活很难协调。

张悦然：我在一篇文章中读到，你已经两年没有和父母说过话了，这和你的写作有关系吗？在中国社会，写自传性的作品非常困难，父母和朋友会对作者施加很大的压力，不允许作者暴露个人隐私。

卡斯克：我的父母不是中国人，但听起来他们很像中国人。他们很不赞成我的工作，这是一个非常麻烦的问题。你曾经在作品里写过，中国社会里，个体如同孤岛。我想，在那样的环境中，暴力会更加清晰，也更容易被命名和识别。而在英国，冒风险写自传性作品也更困难，因为看上去好像没有必要，看上去我就是个多嘴的人、一个麻烦制造者，破坏别人的快乐。……我认为，对你们的文化来说，这样的写作似乎更必要。我不知道李翊云的情况是否如此，她的作品充满了暴力和张力。

当有人说想写一本小说的时候，我会说，不要写小说，要追随自己的声音，因为这才是真正激进的东西。在我的生活中，为这样的激进性辩护是一件难上加难的事，因为在这个社会里，所有人都会问，你到底有什么毛病？积极点！为什么你就不能爱自己的孩子、放过自己呢？所以，我们的情况非常不同，但也有一些相似之处。

张悦然：最后一个问题。你认为你所说的"人物已经在当代社会消失"的观点，是否也适用于现实生活？现代社会一直在迫使我们扮演不同的角色，我们经常要戴着面具和伪装四处奔波，现在是否也到了该摆脱所扮演的各种角色的时候了？人格面具之下隐藏着什么？你会将你的文学理念，变成一种你的生命哲学吗？

卡斯克：这个问题问得好。我确实认为精神分析是20世纪一种非常有趣的现象，几乎可以说，精神分析的基础就是人们把自己当作一个人物角色来体验，体验种种问题，并为自己的痛苦找到解释。也就是说，你活在一个固定的角色里，活在这个角色的痛苦之中，而这个角色是被各种人和事塑造出来的。精神分析试图把你从牢笼中解放出来。

这是个很有意思的想法。如果一个人在一生之中没有扮演任何角色，就有可能享有惊人的自由，并且能够摆脱偏见。这几乎就像永生的幻想，从某种意义上讲，这个人脱离了叙事。如果每个人都这样生活，会怎么样？我不知道。我们都有极强的生命叙事，比如爱情。爱情从何而来？你遇到一个人，然后爱上他，这种想法从何而来？这是人格功能的一个强大基础。如果我们可以有意识地引导或者鼓励大家更自由地塑造自己的性格，在我看来会是件好事。

朱莉娅·克里斯蒂娃：
我是一个充满能量的悲观主义者

张悦然 / 采访 [1]　伊珂晖 / 译

3月的一个下午，我和译者、青年学者伊珂晖一起前往朱莉娅·克里斯蒂娃的寓所。那是一座优雅敦实的老式公寓楼，坐落在卢森堡公园的旁边。由于它同时也是朱莉娅做精神分析的诊室，所以大门外按铃的下方，标注着克里斯蒂娃的名字。要是你在谷歌地图里键入她的名字，也能导航到这里。这或许能证明，她仍旧乐意将自己的生活暴露在大众视野之内。无论是作为精神分析师、哲学家、符号学家还是作家，83岁的克里斯蒂娃都没有要退场的意思。我们被一架半透明的、狭小如告解室的升降电梯带到三楼，克里斯蒂娃已经等在那里了。她很热情，用名叫"上海甜蜜"的花茶

---

[1] 感谢学者覃芊雪为本次采访提供的帮助。

和从附近负有盛名的甜品店买回来的蛋糕招待了我们。她说她不久前还收到一所中国大学的邀请，希望她再次访问中国，但是她的丈夫去年去世了，她到现在还未完全恢复过来——墙边的小桌子上立着著名作家菲利普·索莱尔斯的黑白照片，不事声张地表达着哀悼之情。"我只是想到从家里出门，坐车到戴高乐机场，就已经感到疲惫不堪。"她说。不过她看起来精神很好，在长时间的交谈中，没有流露出一丝倦意。她甚至凭借回忆说了一两句中文，虽然都很简单，但是曾经的汉语学习基础，使她在平仄声调上绝对不会出错。

1974年，朱莉娅·克里斯蒂娃出版了《中国妇女》一书。这本书很难分类：它的一部分是游记，记录了同年她和罗兰·巴特等五位法国知识分子中国之行的见闻；另一部分则是关于中国古代文化中女性形象与地位的随想与漫谈。当时她已经学过四年中文，致力于成为一名汉学家。在这本书里，她讲到远古的中国曾是母系社会，谈到中国儒家传统里祖母的地位，讨论道教文化推崇阴阳的交融，在性爱中更注重女性的感受。这里面可能存在着不少对东方的浪漫化想象，但也并不比当时她对共产主义所怀有的浪漫化想象更多。朱莉娅试图证明，中国古代文化里封存着一些女性的自由，新的社会主义中国所提倡的"妇女能顶半边天"能将它们释放出来。沉睡的女性力量将会被唤醒——中国女性可能会获得比西方女性更大的自由。她是怀着这样的憧憬来到中国的，所见所闻却并没有那么乐观。沿途她一直采访各种女人，记录下与她们的谈话，当然她也留意到，什么是不能谈的，以及被忧心忡忡的翻译拦截下的话语。这本书有趣的地方在于，一方面朱莉娅试图用理论构建一种中国女性重新获得应有地位的愿景，另一方面，她的中国见闻又在消解这种愿景。但她没有试图弥合二者之间的沟壑，也没有掩饰自己的困惑和震动，而是将其完整地记录下来。这正是这本书珍贵的地方。回国之后，朱莉娅以《中国妇女》（*Des Chinoises*）作为书名将这些内容出版了，但在那之后，她彻底放弃了汉学研究。因为她发现通过自己所做的这些研究，并不能触及真正的中国。这冷却了她对于政治的热情。从此，她远离了那些空泛的主义，走入了对精神分析、符号学的研究之中。在那个最微观的世界里，她建构起了自己的宇宙。

在克里斯蒂娃的家里，我第一次看到《中国妇女》的法文版，惊讶于它竟有314页。而我读过中文版。一时之间，我发现我不能说自己读过这本书了。不过仅就我读过的部分而言,《中国妇女》充满了对中国女性的爱,那不是一种空泛的爱,而是对一个个具体的女人的爱,令人动容。很多年过去了,这种爱并没有因为汉学研究的中断而停止。在这本书再版的序言里,她又提及了对中国女性所怀有的那种深切的期望:

"这些中国女性,我正试图抓取这些携带着祖先记忆的、正在逐渐消失的优雅女人,她们能否成功地使世界秩序变得更灵活、更和谐和更加多元?"

临走的时候,她送我们到门口。当我们问她手头是否有很多工作要做时,她回答是的。一个特殊儿童关照组织的大会,一篇关于女性主义研究的文章……她一件件地数着,但与其说是告诉我们,倒不如说是在提醒自己。尽管已经很疲惫,但她仍须打起精神,因为这个世界上还有很多地方需要她。

对话

张悦然：是什么样的机缘促使您动笔写作《中国妇女》一书？

克里斯蒂娃：在我刚来法国的时候，我的丈夫已经是有名的作家了。我要感谢他，是他带我走进了中国文化，我也因此结识了包括葛兰言在内的汉学家。在中国加入联合国后，逐渐有商人和工程师因商业原因去往中国，在我丈夫的提议下，我们一起作为第一批学者团队去中国旅行，旅途中我写了《中国妇女》这本书。也是在那时，我在巴黎第七大学注册了中国语言文学的本科课程。我只听了课，没有参加考试，因为我学习中文纯粹是出于兴趣，而不是为了一纸证书。

在我们抵达中国后，似乎由于我东欧的血统使我的样貌和中国人神似，经常有当地人在路上和我讲中文，但由于语言问题我只能勉强作答。我从1966年起产生的这份对中国的挚爱，和途中经历的一切，都要感谢我的丈夫。

《中国妇女》这本书分为两个部分。第一部分是对历史脉络和理论知识的梳理。在法国的中国学者们的历史资料让我受益良多。书的第二部分着眼于我对部分女性进行的采访。

张悦然：您当时采访了很多不同身份的女性，但是她们的思考与表达都深受当时运动的影响。你曾在《中国妇女》再版的时候，表达过对她们的牵挂，也很好奇她们现在过得怎么样。如果有机会，您会希望再去采访她们，了解她们后来的人生吗？

克里斯蒂娃：我很想了解！时间已经过去了五十多年，但这些相遇还都在我的记忆里。她们或许都还在世吧，毕竟当时的她们还都那么年轻。其实，这一切工作的出发点都在于我对中国和中国文化的向往。在全人类的文明里，女性都被置于次要地位。这个世界就是被父权制领导的世界。但是在中国的文化中，在中国的"道"和《易经》里，我们可以看到一种平衡。对女性的压迫存在，可是女性的自由也同样存在。在现代西方世界为男女平权做出一切努力之前，这份平等在何处呢？我曾带着这个问题到中国的历史中寻找答案。

张悦然：那些您采访过的女性中，有没有哪一位是您印象特别深、特别牵挂的？

克里斯蒂娃：时间过去太久，我已经记不太清了。但有两位女性给我留下的印象很深。第一位是一名考古学家。她向我们展示了一个古老的坟冢，并解释说中国在最初是母系社会，证据便是在这个家族坟冢中，母亲被埋在中心位置，其他家族成员围绕母亲被埋在四周。第二位女性是一名乡村组织的负责人，她带我们参观了所在乡镇的一场画展。所有画作均由女性创作，其中一幅令我深受震撼，我称其作者为"中国的凡·高"。因为她的画不是纯粹的写实，而是抽象的情感艺术，或许可以算是她的主观写实吧！

"建立当今女性主义不同流派、不同面貌之间的联系"

张悦然：您当时看到了一些中国曾是母系社会的证据，支持了您之前的理论。您觉得我们如何能把那个"辉煌"的过去和现实联系起来呢？

克里斯蒂娃：其实当时我们已经感受到，新政府颁布了政策，虽然仍旧缺乏坚实的科学理论基础，不过这场自上而下进行的女性思潮的愿景已经与西方的大不相同了。在西方，女性主义的崛起是一场自下而上的思想论战，当时我们与波伏瓦等女性主义者一起。虽说我们的运动也是公之于众的，但毕竟还处在弱势的边缘地位。现如今，西方各个国家都有着层出不穷的女性主义者和新的女性主义。其中最激进的便是美国的"觉醒文化"（woke culture），不是旨在重塑历史，而是推翻历史，甚至摧毁很多从历史传承下来的珍贵价值体系。比如，他们宣称要"打破性别壁垒"，不再有男性和女性的区分，但男女之间的关系也随之变得更荆棘密布。各种技术手段的介入也使得人们可以将荷尔蒙视为工具，来改变孩子和青少年的生理性别。在没有对当事者的精神世界进行深入了解的前提下，这样的操作手段和思维方式都将给生命本身带来不可逆转的后果。

话说至此，我也想谈一谈与之相关的其他更宽泛的话题。我们生活在一个人类文明面临危机的历史时期。首先，我想到的是现如今战事不断，除此之外，女性主义和种族多样性的发展都出现了一种宗教式的完整主义的趋势。现在，我们竭力为一些人提供展开新生活的一切可能性，但当宗教极端主义面临困难时，他们甚至就要杀掉仇敌且自杀以升入天堂。

一切都由寻求自由开始，又都以爆发式的死亡而结束。我们至今没有寻得解决方案。但从个人层面来说，却有一条由精神分析打通的路,或许写作也起到相同的作用。因为写作和小说可以深入至寻求的自由的根本。

政治相关的话题我再多说一点。在全球都面临紧张的国际局势和多方威胁的环境下,世界都在关注中国的立场。在我看来,中国仍处在中立位置,这对世界和平来说是一个重要的保障。而与此同时,处在男权传统社会中的女性们也在为释放新的能量而努力。我的丈夫有一个遗愿,他希望在我们死后,将我们的全部身家都捐献出来建一所学校,为所有想学法语的中国青年提供一个学习之所,尽我们所能来接纳中国学生。我丈夫生前坚信中国是保持世界平衡的中坚力量,而这正是由于中国的传统和中国的女性。他更乐观,但我也相信,只要一步一步走,从我们今天小说家之间的遇见开始,或许世界纷争也会渐渐平和下来,不至于走向战乱。

张悦然: 中国现在也在经历一场女性主义思潮。您能给中国的女性一些什么样的建议?以您对中国古代女性传统的了解来看,中国女性如何在汲取传统和借鉴西方之间找到平衡?

克里斯蒂娃: 我很希望知道中国女性对如今西方女性主义的看法。我知道这个问题不好回答。在我的脑海里,现如今的局势就像黑白照片一样悲观。在我三十多岁的时候，女性主义者还有很强的同质性。中国的女性要知道她们生活在另一个世界，而精神分析可以帮助她们更好地了解这个世界。这就需要我们通过精神分析来建立当今女性主义不同流派、不同面貌之间的联系。

"通过精神分析和自由言说来进一步迈向女性的自由"

张悦然：中国现在的问题是，女性主义思潮更像是发生在女性之间的，所以，人们有时会感觉男性和女性之间对话的可能性越来越低。

克里斯蒂娃：我也很支持女性应该发出声音。但在西方，这项运动渐渐也走向了男女两性之间的对立，我们不知道如何才能和谐共处。正是因为这样，我们才需要精神分析。

张悦然：在社交媒体上，会有男性因为被女性指控遭受公众批评。但法律方面的处罚和罚款很难执行，这导致了他能受到惩罚，但只是来自大众的审判。当然有时候，它也是极具威力的，比如让这个人失去工作等等。这样导致的问题是，男性很难认为自己被公平地处置了。他们对女性主义者感到厌烦、恐慌，两性之间的误解和冲突变得越来越严重。

克里斯蒂娃： 在法国，我们的政治群体和民主的体系都是公开保护女性权益的，女性可以发声，可以要求侵害人受相应的处罚，审判也是全民公开的。但如果要在更深层次上理解男、女两性群体，就没那么容易了。我甚至觉得在如今的欧洲，两性中相对处于弱势的反而是男性。定义何为男性气质，变得越来越棘手。幸而在法国精神分析可以介入，从对男孩子的教育开始，从重新处理他们和母亲的关系开始，为他们将来成为男人、步入社会做好心理和精神层面的准备。这种个人层面的深入工作耗时且艰难，但至少是一条出路。在我还年轻的时候，已经有一个叫作"精神分析与政治"的女性主义群体在探讨这个问题了。

积极一点来看的话，社会层面已经有了公开的、对女性的立法保护，个人层面可以通过精神分析和自由言说来进一步迈向女性的自由。在小说中，女作家们也可以以一种虚拟的身份来讲述曾经发生的、难以直面的痛苦经历，小说写作也可以因此算作精神分析的一部分。比如，有的女作家揭露自己被性侵的经历，更严重的是这场性侵是在母亲的默许下进行的，且当事人也曾认为自己是默许的。这就引发了一系列有关"默许"的辩论：何为默许？何为欲望？对年轻的女孩子来说，在面对来自成人的、来自上司的、来自权力方的强权时，她们是否能保持判断力？小说家们也在文学作品中对这一问题进行了探索，女性文学作品的重要性也正在于此。真正重要的，不只是让社会中男女薪资的差距或者在公司中职位的高低等浮于表面的元素显形，而更在于对女性内在觉醒所能释放的强大力量的展示。

我之前说到，当今我们身处的社会危机四伏，不仅是战争给我们带来了生命的威胁，还有网络媒体带来的大量信息的涌入让人们的头脑变得平庸，使 20 世纪后的人文精神变得平庸。而我们应该做的，便是向下挖掘，了解自己的缺陷，深入自己的苦痛，剖析自己的梦境。

"我们拨动的不只是琴弦，还有我们的精神，我们的内在"

张悦然： 您的好几本小说都有一定的自传性，您在写小说的时候，会很自然地将自己的经历放置到人物的身上吗，在这方面您有什么顾虑吗？然而，您也写过侦探小说，那是一种设定性很强的类型小说,它不太可能直接使用个人经验。您选择写侦探小说时,是不是也有一种对自传性的拒绝和排斥呢?

克里斯蒂娃:我们的生活经验都会让我们遇上痛苦,尤其是与死亡相关的课题。这种痛苦是不能被消除的。它让我们丧失思考能力,甚至还会带来生理上的不适。在我看来,有两种解决办法:一种是弗洛伊德所谓的"倾诉",这也是精神分析治疗的主要内容——我们将所有思虑都倾诉给分析师,以逐步化解心结、渡过难关;另一种便是所谓的"升华"——当我们创作一个故事、写一部小说时,需要调动全部的热情和才学,把无论是政治、哲学还是文化上的认知,全部倾注到小说当中,以创建一个不是真实却类似真实的社会。对我来说,这两种方法并行,以作为继续生活下去的方式而已。

张悦然:也就是说,对您来说,写小说更重要的并不是(像多数小说家认为的)和读者的沟通,您似乎更注重的是和自己的沟通,写作是作为了解自己的过程?

克里斯蒂娃:二者皆有。这和音乐是共通的。一位小提琴家在演奏的时候,他也要知道自己可以被听众理解。我们拨动的不只是琴弦，还有我们的精神，我们的内在，然后通过音乐或文字这样可共享的密码来传达给听众。

张悦然：我还有个疑问，写小说是创造自己王国的过程，作家筑起自己的墙，建起自己的城邦，在那块领地，一切都由他来做主。您作为创立了"互文性"这个概念的人，在写小说的时候会不断想到自己的小说与其他文本的"互文性"吗？互文性更像是把墙壁凿开，将气球扎破，它是一种取消边界的行为，和创作小说的过程背道而驰。这些理论不会干扰或者妨碍您的创作吗？

克里斯蒂娃：对我来说这没有矛盾之处。我们的写作是文字的艺术而不是认知的阐述。小说不像学术论文或者文本分析，没有为保证学术严谨性而设立的边界。与之相反，我在小说写作中完全释放自己，自由书写。但为了作品的可读性，我也创建了自己的叙述语言，这是属于我自己的独特的写作风格。现在的社会中有跨性别群体，而我的作品就是跨文体的书写！我刚到法国的时候，正在流行"新小说"写作：小说中可以没有主人公，甚至没有标点，旨在打破一切传统小说的写作限制。于是我开始写侦探小说，小说故事围绕对犯罪事件的调查展开。故事是真实和创作的糅杂，写作就发生在疯癫的边缘。请问在中国是否也有过流行类似于"新小说"这样的作品的阶段呢?是否也有像米歇尔·布托尔、阿兰·罗伯-格里耶、菲利普·索莱尔斯这样的小说家?当然,文学之外,相同的流派和趋势也出现在哲学、音乐、诗歌等多个领域。

张悦然:中国在20世纪80年代出现过"先锋文学"的浪潮,那一时期的文学受到西方文学,也包括法国"新小说"的影响,更注重形式的探索。不过现在,小说又回到了比较传统的"现实主义"的道路上。但也不仅仅是中国,现在全世界的小说都有回归较为传统的形式的趋势。请问您现在还会看法国比较年轻的作者写的小说吗?

克里斯蒂娃:我在很多编辑的寄书名单上,每年九月文学季我都会收到很多书。如果一本书的第一章无法吸引我,我是不会将它看完的。吸引我的小说真的不多,特别是最近两年,我看得尤其少。再多说一句:很多时候我看了小说,会觉得作者应该去做精神分析,如果有精神分析的经历,他们就不会这样写了。

张悦然:现在在法国,还有一出书就让您很想去读的作家吗?

克里斯蒂娃:(犹豫)我没那么喜欢维勒贝克,但偶尔也会看。我觉得这是个不幸的人,所以在更大程度上,我是以精神分析师的身份对他的作品产生兴趣的。我还会看一些亲近的朋友的作品,除此之外还有我学生的作品。

但现在我很少看到对写作形式进行创新的作者了。很多时候看到的都是书写个人故事的勇气,揭露自己伤疤的真诚,但真正具有文学性的创新变得越来越罕见。或许,网络与其带来的交流过剩的现状也是遏制写作的一大障碍。我另外想强调的一点是:我们生活在很艰难的社会时期,一方面,生活中充满了苦痛、愤怒和暴力;另一方面,科技的进步、人工智能的诞生和网络的运用都导致了思想的平庸。整个世界都在压力之下屏住了呼吸。虽然我有些悲观,但我是一个充满能量的悲观主义者。我从未中断写作,也从未停止分析。

张悦然:您如何看待安妮·埃尔诺的作品呢?因为诺贝尔文学奖的原因,中国的很多女性都在阅读她的作品,在其中获得力量。

克里斯蒂娃:对我而言,她的作品文学价值有限,但我很尊重她作品中呈现出的勇气。

"更重要的是找到自己的语言,把我们的经历呈现出来"

张悦然: 您在您的著作里深入地探讨了"母性的激情"。为什么您觉得它如此重要?

克里斯蒂娃: 在中国旅行期间,我观察到了中国的亲子关系,并被深深地吸引了。我知道中国曾长期推行独生子女政策,正是因为这个政策,母亲与孩子的关系可想而知变得更敏感。

首先在语言层面,声调在每一个儿童的童年早期起着至关重要的作用,全世界的儿童对语言的学习都是从声调开始的。中文是有声调的语言,但欧洲的语言没有声调系统,欧洲孩子的语言发展相比中国孩子较为滞后,他们要在一岁半左右才能开口说话,由于无法用语言进行自我表述,生命初期的这一年半时间的成长记忆是缺失的。从这一点来看,中国孩子拥有言说的语言优势,他们相较欧洲孩子更早熟、更懂礼貌、更具自我约束力。

另外,语言的学习不仅是发音,还有书写。当母亲教孩子书写时，也是一种肢体的联结。这样的肢体行为只能经历，不能言说，却直接影响着孩子日后的社会化发展。在当代社会，随着女性社会角色的变化，母亲和孩子的关系也在发生转变。当孩子还处于婴儿初期，很多母亲就不得不去工作，把孩子放在育婴所。虽然在育婴所有专业人士看护孩子，可她们不能代替母亲给予孩子无微不至的肢体交流。这种孤独便从生命初期起就种植在了孩子内心深处，直接影响孩子长大后的注意力和记忆力。电子屏幕的存在更是加深了这一特点。我们观察到，由于这份独特的孤独感，孩子们在学校里学习的智力表现逐年下降。

所以，现在社会应该做的是重新找到一种符合现状的母子相处模式，这也曾是我部分工作的重心。孩子在幼年期与母亲的关系还在很大程度上决定了孩子日后面对分离的负面情绪处理能力。如果孩子错过了这个阶段的联结，在毫无防备的情况下被迫走入社会，那一定会引发一系列心理问题。总而言之，语言中的声调学习与肢体接触，是影响婴儿阶段的母子关系的最重要的两个因素。

张悦然：您自己也有孩子，而且我们知道，您养育他的过程很不容易。但是您很少谈到孩子给自己带来的负担，以及给工作带来的侵扰。您是如何看待母职带给您的影响的？

克里斯蒂娃：的确，有了孩子之后我们就不再属于我们自己了。成为母亲的一个特点就是，我们要意识到自己的生命中从此除了自我，还有一个他者。对此也是有两个解决办法的。的确，在现在的社会中，女性越发活跃，母亲们的活力也不断得到激发。所谓的"超人妈妈"也就由此诞生了，她们要兼顾家庭和工作。我有幸在当时有保姆负责家务，但即便如此，我也不得不把我的生活分成两部分。在我的孩子睡觉的时候，我把全部精力倾注于写作；当我的孩子醒来时，我就要照顾他。所以要分割再重组，如此重新安排我们的精神生活。精神分析在这一点上给予了我很大的帮助。

随着社会的进步，也有越来越多的父亲开始分担这份母性的责任。作为一个精神分析师，我曾听我的来访者说过她们的丈夫也会照顾孩子，替孩子换尿布，帮他们洗澡，这都是在我小时候的社会环境里从未有过的。这的确减轻了母亲的精神负担。

不过我认为，成为母亲，作为一份独特的分裂体验，也是很有趣的，我把它当作一种活力的来源和重新认识自己的机会。然而与此同时，我们的身体就像是机器，过度运转也会带来不可抵挡的疲惫。补充维生素，听音乐放松，这些都是缓解方式。无论如何，这段路都是很艰难的，我记得有来访者对我说，"哪怕我说得很清楚，我在工作，请不要打搅我，但孩子还是会来找我。所以，我两分钟前还在工作，两分钟后又要照顾孩子，稍作处理之后还要恢复工作的状态。而每当我的丈夫说他在工作不希望被打扰时，就真的不会有人去打扰他"。因此，在众多来访者中，我们常见到抑郁的女性或者身负压力的超人妈妈。

张悦然：您聊到很多做精神分析师的经验，您治疗时间最长的病人跟了您多少年？

克里斯蒂娃：这很难计算，因为我有的病人直到现在还没有结束治疗，但这也跟每个人来访的频率和规律有关系。精神分析不能替代宗教，但也为人们提供了他们所需的精神陪伴和消解痛苦的可能。

李翊云：

我只是想要到达一个比表面更深、比我的起点更远的地方

石凡 / 采访

1. 非常高兴能读到你的首部中文译作《我该走了吗》。我们现在都已经知道，《我该走了吗》的创作过程非常坎坷，中间发生了令人遗憾的事情，最终你能完成并如此高质量地完成这本书，是一件了不起又安慰人心的事。你在之前的采访中谈过，《我该走了吗》可以被视为你写作生涯里的分水岭，可以具体谈谈这个"分水岭"是什么意义上的吗？

这部小说对我来说是一个转折点。有时你写一本书是为了给下一本书腾出或制造空间，有时你写一本书是为了给所有后面的书腾出或制造空间。对我来说，因为我能够完成这本小说，我才能够继续写所有后来的书。

从题材上来说，我早期的书要么以中国为背景，要么与

中国有密切的关系。这部小说是我脱离早期主题的开端。我在加利福尼亚州生活了十二年，这对我来说是一部密切反映那段经历的小说。如果你读过美国历史，你就会意识到，对许多美国人来说，加利福尼亚州仍然是某种边界，尽管它是科技产业的中心。我在东海岸的大多数朋友对加州的了解都比我少。我想写一本关于旧加州的小说，故事发生在加州成为我们今天所知的地方之前。

在结构方面，我对如何在没有太多传统约束的情况下写一个故事有一些想法，而这部小说实现了这个目标。

2.《我该走了吗》的主人公有两位：罗兰和莉利亚，但实际上可能只有一位——莉利亚。罗兰平庸且自恋，几乎只是莉利亚的研究对象，而莉利亚的机智、刻薄，甚至冷漠无情都始终吸引着读者，让我们在阅读过程中心甘情愿地跟随她的引导，忍受罗兰的无趣，潜入她记忆的深处。在这本书以及最近的书里，你似乎有塑造这种锋利女性形象的倾向：莉利亚、露西、西德尔、艾格尼丝、法比安娜，甚至包括赫蒂，一个与莉利亚相比在另一个极端的女人，但你也使读者感受到她有另外一种智慧和锋利。为什么你会写这样的女性形象或展现女性的这一面，是因为你更欣赏这样的女人吗？

还是你认为每个女人身上都有这样的特质？

我认为每个作家都有自己的一套甄选（audit）人物和角色的系统。海明威的人物不会成为伍尔夫的人物，反之亦然。我的人物往往有一些共同的特征：他们经常对世界思考很多，有一些看法，并做出一些让步。也许这是智慧的定义。我知道我曾经写过同样数量的男性和女性，但现在我更喜欢写女性角色。这是一个自然的过程：当你年轻的时候，你想公正地写关于世界上所有人的文章；现在你年纪大了一些，你想写一些你感兴趣的人。我也意识到，与刚开始写作时相比，我不再是一个过于内敛的作家了。锋利和智慧是我欣赏的品质。不是所有人都有这样的品质，但是有这样品质的人在现阶段会是我感兴趣的人物。

3. 除了锋利，你的角色们还展现出另外一个特质，用《星期三出生的孩子》（*Wednesday's Child*）这篇小说中的话来说，是 questioning self（质疑的自我）或者 arguing self（争论的自我）。《理性终结之处》（*Where Reasons End*）中的母亲、《我该走了吗》中的莉利亚、《鹅之书》（*The Book of Goose*）中的艾格尼丝，或者《星期三出生的孩子》中的罗

莎莉，每个人都在不停地与自己或者与看不见的人对话，花很多时间思考看到的每件事或者说出的每句话，不断地反驳既有的观点，继而又驳倒自己的观点。人物的这种特质是否源于你个人的习惯？你是对这种质疑／争论本身感兴趣，还是更关心这种不断的争论最后会通往何处？

我大概是一个左右互搏的专家。

我对与外部世界争论不感兴趣：世上万事，不通情理的居多。有很多人自视甚高，但他们可能只是自私的白痴。与这些人或事情争论并不会让我思考得更好，只能说是浪费时间。

在我自己的写作中，在我的角色的生活中，与自己争论是一种磨砺思维的方式。人们无时无刻没有想法和主意，很多时候是停留在表面的想法和主意。与自我争论的过程是用人物、情节、语言、逻辑等等不断推进、磨砺这些想法。这个过程没有终点。我不担心也不关心终点。我只是想要到达一个比表面更深、比我的起点更远的地方。

4. 你早期写作的故事大部分都发生在中国，或者和中国人相关。但从《我该走了吗》开始，你的目光拓展到世界各

处，加州农场、加拿大小岛、伦敦公寓、法国乡村、北欧车站，小说中也常常没有一个中国人出现。这种变化是自然而然发生的吗，还是你有意识地进行的转变？

V.S. 奈保尔的早期作品以特立尼达为背景。在一次采访中，他说他认为自己可以继续写以特立尼达为背景的小说，但他觉得自己的职业生涯需要的不仅仅是特立尼达（这是我对他的理解）。他之后撰写了有关印度次大陆、非洲和欧洲的书籍。我想如果他不为自己找到新的材料，他会感到无聊厌倦。

我成年后的大部分时间都在美国度过，我也去过世界上很多地方，读过以世界不同地方为背景的书籍。我认为中国不再是我书写的焦点是很自然的事情。我没有有意识地转变，我喜欢顺其自然。

5. 虽然故事不再关于中国，但你的写作却似乎跟你本人更加相关。在之前的采访中，你曾提到，在写作早期你的目标是隐藏自己，甚至人生的目标都是隐藏或者抹去自己。而《亲爱的朋友，我从我的生命写进你的生命》（*Dear Friend, from My Life I Write to You in Your Life*）出版后，你在采访中说道："我过去一度坚定地说自己绝不是自传体作家，甚至坚定到明显有些可疑。但即使我没写这本书,我现在也得承认——那确实是个谎言。"你现在写的同样不是自传体小说,但我们可以明显地察觉到作品中发生的变化:对第一人称和自我经历的使用、不刻意保持自己与小说人物的距离、对自我内心的困惑和挣扎的揭示,以及毫不介意读者结合你个人的遭遇去理解小说中角色的境遇。这种从"隐藏"到"暴露"的转变是如何发生的?写作上的转变是否也意味着你对文学的判断标准也发生了一些变化?

以前我写作是为了隐藏自己,但现在我不再隐藏了。隐藏需要大量精力,就像表演需要大量精力一样。我常常想,我的个人哲学是否已经进入了能量保存状态的阶段。我不想做那些感觉不自然、不快乐、浪费时间或精力的事情。

我有很少的几个原则,但除此之外,我对很多事情都很宽容,我不像与自己争论那样与世界争论。与我刚成为作家时相比,我经历了更多的生活,也变了一些。

6. 最近的三部长篇作品(《理性终结之处》《我该走了吗》《鹅之书》)中,似乎都没有什么正在发生的事,即使有,你也没有投入太多关注,你做的更多的是以平淡的方式耐心

地展示人物的内心世界和记忆片段。相较于正在发生的事，你为什么更关注历史与记忆？

我关注时事，但我不经常想写它们。我的想法是，小说很大程度上是关于时间以及人们如何体验时间的。时事没有经过时间的磨炼、沉积，只是一层经验。如果你有五十年或两百年的理解，那么这就是一个多层次的故事。

读小说和写小说的一个关键要素是在书中体验记忆与历史。没有历史和记忆的小说只不过是随机事件的记录。

7. 与历史和记忆相关的另一个关键词是时间，你在访谈中说过时间是你最关心的主题，写小说就是写时间。时间确实是文学中的一个重要命题，许多作家都通过作品传达了自己关于时间的独特理解，伍尔夫的时间不是匀速的，普鲁斯特的时间是可以重回的，马尔克斯的时间是环形的。那么，你为什么会对时间感兴趣呢？阅读你的作品时，我常常感到时间是缓慢、从容，甚至是接近枯燥的，这是你对时间的理解吗？以及，塑造这样一种时间感受是有意与讲求快捷的现代社会保持一定距离吗？

时间是生活中最民主的元素之一：独裁者没有一个小时

一百分钟,一天对任何人来说都是一天。

我最喜欢的诗之一是菲利普·拉金的《日子》:

> What are days for?
>
> Days are where we live.
>
> They come, they wake us
>
> Time and time over.
>
> They are to be happy in:
>
> Where can we live but days?

> 日子有什么用?
>
> 日子是我们的栖身之所。
>
> 它们来了,唤醒我们
>
> 一次又一次。
>
> 日子本该快乐入住:
>
> 除了日子,我们还有何处安身?[1]

---

[1] 《高窗》,[英]菲利普·拉金著,舒丹丹译,上海:上海人民出版社,2016。

这首诗表达了我对时间的感受：时间是我们生活的地方，就像空间是我们生活的地方一样。死亡是摆脱时间或空间的唯一途径。

我的人物以一种具体的方式生活在时间里，没有捷径可以到达另一天或另一年。这也许也反映了我对时间的感受：你必须在下一分钟之前度过这一分钟，在第二天之前度过这一天。我的生活方式可能与现代生活不兼容，我不介意这一点。我活在自己的时间而不是别人的时间里。

8. 在《理性终结之处》《我该走了吗》《鹅之书》三部长篇小说里，似乎没有太多事发生，没有传统意义上的那种激烈情节。在这一点上，你似乎把某种你处理短篇小说的方式，带到了长篇小说里。对你来说，这两种体裁的最大区别是什么？你认为，故事和情节，对哪种体裁更重要一些？

我对情节不感兴趣。我总是对我的学生说，我们不是靠情节生活的。只有谋杀才需要情节，当然悬疑小说也需要情节。

故事不同于情节或戏剧。故事是时间和空间与人相交的地方，从这个意义上说，我写的是生活在时间和空间中的人物，而不是生活在从一个情节转折到下一个情节转折的人物。故事对短篇和长篇一样重要，情节对短篇和长篇一样不那么重要。

你可以或多或少地在脑子里写一个故事，然后初稿就会接近最终稿。长篇还是要反复写、反复改。

9. 近几年你出版了上面三部长篇小说和一本短篇小说集《星期三出生的孩子》，这部小说集涵盖了从 2009 年到 2023 年不同时期创作和发表的作品。因此，是否可以认为你近年来更专注于创作长篇作品，而非短篇小说？我们知道，很多读者都为你的短篇小说着迷，你此后还会写很多短篇小说吗？

我倾向于同时保留两个项目，一本长篇和一两个短篇。但最近我感觉自己的精力更多地被写长篇占据了，没有时间去写自己想要写的短篇了。

一天的时间就这么多！所以我必须等着看我是否能完成我已经开始的长篇，这样我才有时间回来写短篇。

10. 你曾多次讲过，威廉·特雷弗是你最钦佩的作家。那么

在长篇小说领域里，有没有你最欣赏的作家呢？当你写长篇小说的时候，也会像你写短篇小说那样，把它想象成与某位作家的某个文本所做的一次对话吗？

我敬佩的小说家有很多：威廉·特雷弗、伊丽莎白·鲍恩、托尔斯泰，还有其他许多。我现在的感觉是，写一本书是同时与十本小说进行了对话。现在不是一对一了，我最好的朋友给了我一个很好的建议，那就是我写作不仅要与其他书对话，还要与我以前的书对话。

11. 你常常被问到关于语言的事情，这不仅因为你是用第二语言创作的作家，也是因为即使在英语文学的作家中，你也是对语言格外关注、有自己独特语言风格的一位。在读你早期的作品时，我们可以想象其被翻译成中文的样子，在我们的想象中，除了因语境发生变化而需要对一些细节和背景做调整之外，用中文来写似乎并不会对小说本身产生太大影响；但当分别阅读《我该走了吗》的中、英文版本时，我们却有完全不同的阅读感受。读《理性终结之处》和《鹅之书》时，同样也可以预见到翻译成另外一种语言对作品带来的改变。我想，这不仅仅是题材的转变造成的，而是说明

你已经在英语写作中发展出了自己成熟和独有的风格。回顾你的创作历程,你对语言的理解和在语言上的追求发生过变化吗?

在我早期的写作中,我学习做两件事:写故事,使用英语。

现在有点不同了。我想我已经学会了一些如何写故事的东西,并且我找到了我的语言——英语,但是我的英语。与我合作过的两位最有才华的编辑有时会做同样的事情:她们会告诉我她们想要一个句子,她们要一个"Yiyun line"。这意味着这是其他人无法写出的句子。我认为当你用一种语言工作和生活多年后,你往往会发现一些只属于你的东西。

12. 在你最近的几部作品中,出现了很多文本中的文本,比如信件、日记,以及角色所创作的小说和诗歌等。这些元素不但出现,还成了作品非常重要的组成部分。但你在之前的访谈中表示过,自己不是一个喜欢做形式试验的作家,那为什么会对文本嵌套感兴趣呢?

文本嵌套大概是我没想到的。我不认为它们是形式试验。对我来说很自然。例如信件：过去人们经常写信，它们是生活的重要组成部分。因此，如果我写的时代是信件很重要的时代，信件往往会出现在故事中。我不注重理论，所以无法对写作进行任何理论讨论。

13. 你也常常写到花、园艺、村庄、农场，以及各种动植物，这是因为最近这两部长篇小说的背景恰好设置在了加州农场和法国乡村，所以很容易就会写到这些自然事物？还是因为比起城市，你本身就更喜欢亲近自然？

我喜欢园艺，也喜欢观察自然：天气、季节、动物、植物，早上飞过的候鸟、花园里的狐狸和鹿。从某种意义上说，我是一个善于交际但不喜交际的人。我喜欢独处，而大自然是独处的最佳去处。

14. 除了自己创作，你也长期在大学里教授写作。我们看到你的一些学生，也成了作家。这些年来，你是否观察到学生的审美和写作风格都在随着时代发生着改变？这种改变是什么？你会一直教书吗？

学生一直在变，品味和潮流也一直在变。我并不太重视这些变化。我总是向我的学生解释：如果你观察很小的孩子踢足球，他们中很少有人知道要保持自己的位置，他们会一窝蜂地追球。要想在写作上取得成功，他们需要知道自己真正的位置在哪里，而不是追逐最热门的地方。

我想我会继续教书。在美国，作家并不是一个赚钱的职业。我认识的大多数作家都是教书的。

15. 你主编了一本名叫《公共空间》（A Public Space）的文学杂志。可以知道你具体负责杂志的哪些工作吗？你们也会接受自由来稿吗？你读到过什么让你意外的来稿吗？

《公共空间》是我最好的朋友布里吉德·休斯创办的。我并不是主编。我为他们做审读，有时也编辑。有时我想，比起写作教授，我可能更适合当编辑。当教授很多时候是要靠学生自己的悟性，写作是教不来的。做编辑是很实在的工作。我曾经为该杂志编辑过欧大旭的一篇故事。这是一个精彩的故事，发生在香港，但最后一部分不太顺，我做了一些编辑工作。他再写一稿后就非常好了，这个故事后来获得了欧·亨利奖。后来在伦敦他告诉我，如果不是因为我很忙，他会一直要求我编辑他的作品。

16. 从放弃免疫学博士学位开始，到目前为止，你已经从事文学创作近二十五年。在这期间，你持续不断地有优秀的、各种体裁的作品问世。在中国，一个经常被讨论的问题是，为什么很多作家的职业生命非常有限？许多人的创作在一段高光期之后，很容易就会陷入沉寂。你认为作家应该如何延长自己的职业生涯，保持持久的创作力呢？

读书是我生活中重要的一部分。我有时一天读十个小时。我认为读书是保持头脑敏锐的一种方法。读书也是督促我写作的因素：我总是想写一些东西，可以和我看的书有一个对话。最好不要比较自己和其他人的写作，更不要给写作的职业发展太多关注。

D / 专栏

二十岁的热松饼

(日)吉井忍 / 文

小说：三岛由纪夫"丰饶之海"四部曲
食谱：松饼

第一部分：文章

"稍等会儿，妈给你做点好吃的。"

母亲随即在火钵[1]上放了一只小平底锅，用报纸沾着油到处浸了一遍。这之前，母亲早就准备好了，等儿子回家做松饼给他吃。这时她把泛着白色气泡的面糊，巧妙地瞄着圈儿浇在滚开的沸油上。[2]

——三岛由纪夫《天人五衰》，1971 年

---

1 火钵，即火盆，是日本冬季常用的传统暖具之一。
2 本文中"丰饶之海"四部曲的中译段落均摘自陈德文译本（《丰饶之海》，北京：人民文学出版社，2018）。

这是三岛由纪夫"丰饶之海"四部曲最后一卷《天人五衰》开头几页描述的场景。七十六岁的本多繁邦早已从法官的任上退休。早晨醒来时在床上躺一阵子，并让自己漂浮于梦幻之中，成为他进入晚年养成的习惯。母亲在一个雪日为自己做松饼，虽然是一件"鸡毛蒜皮的琐事"，但半个世纪以来数百次萦绕于他的脑海里。

我第一次读到《丰饶之海》是大学毕业那年，一位朋友在我写完毕业论文后的空档推荐的。当年这位朋友的思想有点偏"左"，试图透过哲学、诗歌来改变社会，我和他都被三岛由纪夫高雅、暴烈和纯洁的美学，还有压倒性的词汇量所吸引。正因为如此，上述稍带伤感的文笔让我感到意外，留下的印象也较深。

如作者本人在第一卷《春雪》尾注里所写，《丰饶之海》以平安时代后期的长篇小说《浜滨松中纳言物语》为参考，讲述梦境与转生。每卷都有不同的主人公，在前面三卷作品里，他或她都在二十岁——"最美好的"年华——夭折：

第一卷《春雪》可谓"大正浪漫"的集大成之作，贵族子弟松枝清显爱上已与皇家缔结婚约的绫仓聪子，两人私通，聪子堕胎后遁入空门，清显也因思念得肺炎病死。整篇故事较完整，情感描写细腻。第二卷《奔马》中，十八年前去世的清显转生为饭沼勋，从小磨炼剑术，长大后深受《神风连史话》的影响效忠皇室，杀死财界巨头后剖腹自杀。第三卷《晓寺》充溢着异国情调，饭沼勋死后，一位自称由日本人转生的泰国公主来到日本留学，归国后死于蛇毒。

除了用托梦、轮回把这些不同的人生串联起来，三岛还设置了一个贯穿始终的视角：本多繁邦。本多是清显的好友，清显于二十岁逝去时留下一本预言未来的《梦日记》，还有一句"我们会在瀑布下再相见"给他。此后，本多成为轮回转世的旁观者，就靠三颗黑痣一次又一次地认出清显转世的角色：三十八岁时遇到饭沼勋，四十七岁时出差到曼谷并遇见七岁的月光公主，五十七岁时在东京再次见到她，且喜欢上了这位丰满成熟的异国女性，虽然这段感情没有导向任何结果。在角色不断加深思考的过程中，本多的性格显得更立体，获得了更强的存在感，逐渐摆脱"观察者"的角色，成为小说真正的主人公。

年老与鸡蛋

随着故事里时间的推进，本多见到的除了转世的好友，还有旧相识，比如绫仓家的老婢蓼科。赘言一句，我一向认为蓼科（Tateshina）这个名字起得好，语感稍微古典，单纯但不俗气，发音带出一股女人味和轻微的洒脱感。《晓寺》的故事背景以20世纪四五十年代为主，本多听说涩谷在空袭中被大火烧毁，便跑出来看看好友清显的宅邸遗址情况如何，不料在一片废墟里遇到了这位九十五岁的老妇人。

作为乳母，蓼科曾经最获聪子的信赖，皇家派人去绫仓家提亲后，聪子与清显是通过蓼科才保持联系的。故此，她在第一卷里出现得非常频繁，在《春雪》的高潮，即这对"禁忌的恋人"的幽会，蓼科同样发挥了不可或缺的决定性作用。这里有段逼真的场景：二人事毕，聪子要重新穿和服，穿和服的过程太复杂，清显没有经验根本帮不了忙。聪子不慌不忙，拍手把蓼科叫过来，蓼科轻轻拉开隔扇、跪着用双手从榻榻米上一点点挪过来，给小姐穿上和服、系上腰带，还给她梳头。其间蓼科把清显扔在一边，让他成了一个"多余的人物"，当然这也是身为老婢的一种礼数。

然而，当写到本多时隔三十载与蓼科重逢，三岛由纪夫对她的描述堪称精确到刻薄，毫不留情。作为女性，我不禁把这些句子当作一种预言，感觉那就是年老的自己在别人眼里的样子：

  女子斜斜抬起脸，看到面孔，本多这才感到恐怖。

那黑黝黝的头发原是假发，一看到额头不自然的发根就立即明白了。两眼深陷的眼窝和皱纹涂着一层厚厚的白粉，下面涂着鲜艳的口红胭脂，上唇描成宫廷风的三角，下唇则似有若无。本多从这副难以形容的衰老的底色上，认出来那是蓼科的脸孔。……蓼科的那副老态看了真叫人难过！那埋在浓厚白粉下的肌肉，全身都长满了老斑。唯有那缜密而超出常人的理智，依然像死者腰中的怀表，分分秒秒，始终不停地跑动着。（《晓寺》）

本多却若无其事地寒暄几句，得知聪子依旧住在月修寺，且过得"很好"。他把别人送的两颗生鸡蛋分赠给蓼科，对方面露喜悦，接过来先塞进提包里又掏出来爱抚着，然后用石头磕破、吃掉。在"闪闪发光的假牙缝"里，"流经口腔的一团黄莹莹的蛋黄倏忽一亮"。这里的描写让人恍如身临其境，能听到她的"喉咙管里的咕嘟一声"。

鸡蛋本身具有丰富的象征意义，在东西方文化里，它常代表着生育和生命。比如在电影《蒲公英》（伊丹十三执导，1985 年）中，黑帮男士和他的情妇缠绵交媾、嘴对嘴传生鸡蛋的场景，食欲和性欲紧密相连，二者是延续生命不可缺少的本能。三岛由纪夫在这里的描写，显示出他对食物和生命的痴迷，又传递出某种厌恶感。这种厌恶在这部作品中并不突兀，因为《丰饶之海》本身就是由"不生育的人们"构成的故事，对食物的描写也并不多，即使有也不太会让你产生食欲（如鳖鱼血）。故事中唯一有望生育后代的主人公是《天人五衰》里的安永透：他看了清显的《梦日记》后，为了证明自己是转世者而服毒自杀，却未能遂愿。双目失明的透性格也变了，与有心理疾病的绢江结了婚，不久绢江怀孕。

其实，安永透这一角色的以上结局及整个故事转世轮回的终止，在本多的女性朋友庆子对透的警告中可以预见。她因为看不过透对本多的戏弄、侮辱，将转世之事向透全盘托出。这仿佛也是三岛由纪夫对自己的箴言，冰冷、尖锐：

> 世上既没有幸福的特权，也没有不幸的特权。既没有悲剧，也没有天才。你的信心和梦想的根据全都不合乎道理。假如这个世界上有天生的与众不同者，或美妙绝伦，或恶盈满贯，此种人物一旦出现，大自然绝不会将此放过。一定会将其赶尽杀绝，借此以警示人类，汲取教训。要使人人牢记于心：天底下根本不存在什么

"被挑选者"之类。(《天人五衰》)

"软乎乎的仙贝"

《天人五衰》里的松饼出现于安永透陷入崩溃之前,本多还处于未遇到透的宁静时刻。躺着的本多想起自己在学习院中等科上五年级的某一个下午,冒着纷纷扬扬的大雪、空着肚子跑回家。那天"焐着被炉吃的蜜糖伴黄油的美味",他觉得"这辈子再也不记得吃过那样的美味了"。本多的母亲平时比较严厉,但那天她"突然变得和悦起来",给儿子做热松饼,十五岁的少年因此更感香甜可口。从这里的描述我们可以推测,这个点心并不是本多家可以经常享用的食物。

三岛由纪夫之所以在 1965 年着手创作《丰饶之海》,是因受到收录了《滨松中纳言物语》的《日本古典文学大系》第七十七卷出版的启发,最终在其切腹自杀的 1970 年完成全书。这部小说的时代跨度从明治时代到昭和五十年[1],从本多的出生年份可以推测,本多的母亲给他做松饼的故事

---

1 明治、大正与昭和时代各自对应的公元年份依次为 1868—1912、1912—1926、1926—1989。

发生在明治四十三年（1910年）。那么，在当年的日本，松饼到底是什么样的存在？

松饼在原文中的写法是"ホットケーキ"（hot cake），是以牛奶、面粉和鸡蛋为主料的面点，英文一般称为"pancake"，是美式早餐的常见食物。明治维新使西方文化不断流入，人们对"上等舶来"颇为珍视，同时接受积极，明治初期的杂志上已经有了"パンケーキ"（pancake）的介绍，到了1923年东京一家百货公司的食堂开始提供这款来自西方的点心。1931年，市面上有了松饼专用的预拌粉"ホットケーキミックス"（hot cake mix）出售，加点牛奶和鸡蛋即可做出热乎乎的糕饼。从此以后，日本人就习惯用"ホットケーキ"来称呼这道餐点。

1913年出生的日本抽象派画家筱田桃红曾经写到，自己大概十二岁时，姐姐就读的女校有制粉公司特意派人来教做法，姐姐放学把这份珍贵的点心带回家给家人吃。"我和母亲一起吃这个像面包一样的、软乎乎的仙贝。姐姐还说要蘸着糖蜜吃"[1]，这是筱田桃红对第一次吃松饼的回忆。所以，

---

1 筱田桃红：《到这里就结束》（『これでおしまい』），东京：讲谈社，2021年，第66—67页。

有别于仙贝或红豆汤等传统点心，本多的母亲给儿子做的松饼留下的印象更具新鲜感，儿子的惊喜肯定锦上添花。

关于松饼的食谱，我查到女性杂志《妇女界》在1927年的2月刊有过刊载。这期杂志超过三百页，主题为"摩登女郎"（modern girl）和"摩登男士"（modern boy），各界女性争相讨论如何提升女性在家中的地位，摸索如何与男人建立对等的关系。其间有两页食谱特辑：冬日饮料佳选及"温菓"的做法（"温菓"字上附有片假名拼音"ホットケーキ"，指的就是松饼）。所需材料和步骤都跟现在的没有两样，可谓"百年食谱"。这个对页还介绍了几样西方甜品，如黄油红薯、烤苹果和热橙茶，可知那个时代有不少西方的食物被介绍到一般家庭，做法和材料也不会比松饼复杂。那么，三岛由纪夫为什么选择了松饼，并把它写进自己的最后一部小说里，还写得格外温馨呢？

从"上等舶来"到"代用食"

昭和二十年1月17日

（略）没想到能回到东京，过了一个略晚了些的新年。说起来，14日是我的生日——我回到宿舍，拜读了快件和信件，尤其是母亲大人的来信，令我深受感动。在我二十一岁[1]的那天，1月14日这个特殊的日子，在母亲大人于二十一岁[2]生下小生二十一年的纪念之日，能够回到家也是缘分。母亲用心制作的热松饼的美味，越想越难忘——与宿舍的各位分享了黄豆、干面包等，今天已经吃完了一罐。[3]

这是平冈公威（三岛由纪夫的本名）在1945年1月17日寄给父母的明信片里所写的几句话，记录了当年的1月14日，过二十岁生日，他的母亲做了松饼为其庆生之事。当时三岛由纪夫在东京帝国大学进修法律，一月起作为"东京帝国大学勤劳报国队"的成员，在群马县兵工厂履行勤劳动员[4]，14日那天只不过是暂时回到东京。此后的二月，他将收到征召入伍的通知书，但因为感冒发烧，被军医误诊为

---

1 战后日本采用实岁，这里的"二十一岁"对应的实际年龄是二十岁。
2 三岛由纪夫的母亲平冈倭文重生于1905年2月18日，于1925年1月14日生下长男平冈公威（三岛由纪夫）。
3 《决定版·三岛由纪夫全集第38卷》，东京：新潮社，2004年。
4 "勤劳动员"指的是战争期间，日本在校学生应政府要求前往军工企业进行义务劳动。

肺部浸润，得以遣送回乡。他就这样逃过了"为国牺牲"的命运，但生日那天的母子哪会知道这般未来？美军已经开始了对东京的轰炸，这可能是最后一次见到儿子的机会，母亲肯定想做一样最好吃的东西给他。

翻开杂志《妇人之友》1945年的5月刊，三十页的内容没有一个广告，几乎都在讲"吃"：家庭种菜小窍门、自制调料、"代用食"的烹饪小技巧、在空袭过后的废墟里如何准备饭菜，以及防止食物腐败的烹饪技法。然而，在这本像笔记本大小的黑白单色印刷品中，我竟然看到了"松饼"的字样。那篇文章讨论的是"代用食"，意思是将地瓜、黄豆或玉米等大米以外的食物作为主食。食品化学家樱井芳人在文中指出，玉米的消化率并不佳，直接吃没法充分地吸收其营养。他嘱咐读者，玉米最好粉碎处理，但因为玉米粉缺麸质，或许不适合做饼干或面包，不过"加少许面粉做面疙瘩汤或松饼是可以的"。

三岛由纪夫的祖父出身农村，靠着刻苦学习被东京帝国大学录取，毕业后进入政界并娶到一名贵族女子。这对夫妻的儿子平冈梓也同样从政，在农林省担任官员，与学术世家出身的倭文重结了婚。作为平冈梓的长男，公威在全家——尤其是祖母——的疼爱下长大成人。因祖父卷入政坛斗争、受到打压，改行也屡屡遇挫，到公威出生后，家族经济条件远不如过去，加上整个日本在"二战"后期因粮食供应严重不足陷入饥荒，这时母亲想尽办法凑足材料做出一份松饼，相比几十年前这个"舶来品"带来的新鲜感，应该别具意义。

三岛由纪夫在群马县上了一个月的班，其间写了二十八封信件（明信片），其中二十一封是写给父母的。对他来说，这是第一次离开家单独生活，如此想念家乡并不令人意外。1月19日，另外一张他写的明信片寄到家里，里面再次提起松饼："不过若那么经常回家，（我）恐怕越来越不受欢迎，也不一定每次都能吃到两块松饼。"两次在信件里提到母亲亲手制作的点心，三岛由纪夫坚硬的外表下，原来藏有这样可爱、稚嫩、莹润的内核。但接下来的一年里，日本战败投降，妹妹美津子病逝，不久恋人嫁与他人。三岛真实的人生虽正处于《丰饶之海》中所称的"最美好的"二十岁，但最重大的打击即将接踵而至。想到这些背景，我们或许可以理解，一份雪日午后的松饼，为何被他描写成"照亮生命的暗角"的内心寄托。

1970年11月25日，新潮社的编辑小岛喜久江来到三岛由纪夫的住所（东京都大田区），准备依约收取《天人五衰》的原稿。但小岛到达后被告知作家已有事出门，家中的用人把稿子交给小岛。平时三岛由纪夫把稿子放进信封交给编辑，从不封口，而这一天封口却粘得很紧，小岛回公司打开一看，发现文稿开头写着"最终回"。小岛当时想，这怕是弄错了，因为三岛由纪夫没跟她说这部小说写到这里就要结束。[1] 此时，三岛由纪夫已经带着四个学生到达陆上自卫队驻地（东京都新宿区），鼓动兵变失败后切腹自尽。

三岛由纪夫去世一年后，父亲平冈梓在杂志《诸君！》上连载《犬子三岛由纪夫》，透过文字追怀与儿子相关的往事。连载内容后来被汇集成同名书籍，1972年由文艺春秋出版。平冈梓在书中回忆了11月24日晚上，自己和次日自杀的儿子最后一次对话的情形。

那天晚上十点左右，平冈梓在茶之间（日式餐室）看书，儿子突然来到父母起居的木造房屋。这栋日式房屋附属于三岛由纪夫和家人居住的西式建筑，便于双方频繁来往，三岛平时就有晚间来这里跟父母聊几句的习惯。父子两人闲聊了些家常，不久母亲回来了，她看出儿子有些疲劳，嘱咐

---

[1] 小岛千加子：《三岛由纪夫与檀一雄》（『三岛由纪夫と檀一雄』），东京：筑摩文库，1996年。其中，"小岛千加子"为小岛喜久江的笔名。

他工作不要太拼命，早点休息。儿子点头准备回屋，父亲顺口问他最近抽 Peace（日本无过滤嘴香烟品牌）会抽几支，他回答一天三四十支吧。父亲回为了健康是不是该自制一点，儿子苦笑，以"嗯"一声作为回应。平冈梓接着写道："这就是与亲子今生的永别，除此之外没有更多的对话。"

母亲倭文重也在《犬子三岛由纪夫》中回忆了同一天："在那之前一两个月，公威明显疲惫，那天晚上尤其糟糕，到自家玄关仅仅四五间（约十米）的距离，他垂下双肩，没精打采地走去，那个凄凉的背影让我有些担心。与往常不同，我就在那儿呆呆地目送他离去，直到看不见他的背影。"

至于他的"最后"，各大媒体纷纷报道过那带有戏剧性的壮烈场面。但与其相比，最后的夜晚里的一番对话和母亲目送的背影，对我来说反而更真实一些。因为只有这样的三岛由纪夫才会写出那块松饼，告诉我们："人生无法从认识上获取任何东西，但透过邈远的瞬间带来的喜悦，宛若夜间旷野上一星明亮的篝火，击退万斛黑暗。"

三岛由纪夫的辞世之作《丰饶之海》，如今依然受到读者的追捧。据新潮文库在 2019 年的统计，该系列中最受日本读者欢迎的是第一卷《春雪》，在三岛由纪夫作品的销售排行中仅次于《金阁寺》《潮骚》和《假面的告白》。后三卷

(《奔马》《晓寺》和《天人五衰》），都在该排行榜前十，虽然各自销量不到《春雪》的一半。

这不禁令我感到惋惜，因为四部曲的精髓正在结尾。八十岁的本多自知死期将近，决定去月修寺拜访门迹[1]，即曾经的绫仓聪子。在庭院中，本多向门迹问一句，对方答一句。这段对话让本多追随六十年的轮回转世一皆归空，一并把读过四卷的我们带到"一个既无记忆又无一物的地方"。那座庭院如同世界真谛，只有经历过人生不如意又看透世事的三岛由纪夫和本多繁邦才被允许进入。哪怕只有须臾，这里仍值得跟随他们一游，虽然迷茫，但幸福依然在，那是属于你个人的至福。

至于那年给我推荐《丰饶之海》的"左"派朋友，我们已经很长时间没有见面。他在东京经营一家广告公司至今已有十几年，据说为人颇受女性欢迎。包括他在内，该公司一共四位员工，大家关系和睦，偶尔组织出游，去泡温泉。前两天，我发消息问他是否还记得这部小说。他说记得呀，但只记得月光公主。又顺便发来关于非二元论的视频链接，说是最近迷上的新课程。他似乎成功爬上了聪子那般的境界，

---

[1] 门迹指由皇族或贵族担任住持的特定寺院，或住持本人。

说不定再过几十年我们重逢之时，他会带我去看那座"娴雅、明丽而宽阔的庭院"。

第二部分：食谱

用预拌粉制作松饼在日本相当普遍：往装有预拌粉的包装袋里直接放进鸡蛋和牛奶，用手搓一搓，把里面的材料搅拌均匀，然后把整个面糊倒入平底锅煎烤即可。预拌粉还能用于制作蛋糕、甜甜圈或麦芬，失败率几乎为零。

我们今天叛逆一下，试一试女性杂志《妇女界》（1910年创刊、1952年休刊）的"百年食谱"。从材料比例来看，过去的松饼本身不太甜，但搭配的糖浆非常多，感觉每块饼都得浸在满满的糖水里吃似的，所以本次制作将糖浆量调整至原来的十分之一。糖浆可以用蜂蜜代替。可能是因为过去家庭的规模普遍较大，松饼的分量够四五个人吃，这次也调整到大约两人份。

松饼

所需时间：30分钟

分量：两人份（直径12厘米，共4—5块）

松饼材料：

低筋面粉　牛奶　泡打粉　盐　白糖　鸡蛋　色拉油　黄油

糖浆材料：

白糖　饮用水

步骤1：预制糖浆

把白糖（100克）和饮用水（50毫升）放入小锅中，用小火熬煮，锅可以摇动一下，但无须搅拌。糖浆从白色变成琥珀色后关火，加热水（50毫升）。用小火熬煮一分钟，关火晾凉。

※加热水时容易溅到手上，请注意。

步骤2：做蛋液

将鸡蛋（1小颗）打入碗里搅拌，再将牛奶（90毫升）、白糖（10克）和少许盐放进去，搅拌均匀。蛋黄碰到白糖较容易凝结，需要先把鸡蛋单独打匀。

步骤3：制作面糊

在另一个碗里放入低筋面粉（110克）和泡打粉（6克），用搅拌器搅拌。然后倒入蛋液（见步骤2）里，搅拌均匀。如果面糊太硬，可加入适量的牛奶调整，最后加一两滴色拉油。

步骤4：煎烤

开小火预热不粘煎锅，倒入面糊前用厨房纸在锅内均匀抹油。将面糊（见步骤3）用勺子舀入锅的中心。煎烤两分钟，当面糊边沿出现气泡时将其翻转，再煎烤两分钟后取出来备用。

步骤5：控制温度

松饼煎制过程需要保持低温。每次做好一块松饼，需要关火并将煎锅放在湿毛巾上，一边降温，一边重复步骤4。将做好的松饼盛在盘子里，上面放一小块黄油，浇上糖浆即可。

E 评论

世间的水:
李斯佩克朵与她的写作

闵雪飞 / 文

在克拉丽丝·李斯佩克朵的每一部作品中,几乎都有"水"的参与。"水"具有丰富的形态,主要区分为下面两种:

第一种是具有明确的"时间"指称意义的"水",通常以名词"水滴"(gota)或者动词"滴落"(pingar)的形式出现。中篇小说《星辰时刻》的主人公玛卡贝娅喜欢收听电台广播,因为"这个台准点报时,播报文化,从来不放音乐,只有声音积聚成水,一滴一滴落下——这是流逝的每一分钟的水滴"。短篇小说《讯息》之中,也出现了类似的表达:"也许,他们准备得太过充分,希望从另一个人的束缚中解脱,就像一滴就要滴下的水,他们只是期待着一件象征着痛苦之完满的事,这样,两个人才能够分开。"

这种时间隐喻的成立，是与"水"、与"水滴"的形状息息相关的。水滴是圆润的，象征着时间性的完整、完满，水滴的流淌拉长了时间的运动。因此，用水滴来喻示时间，既有瞬间性，又具绵延性。这种隐喻并非李斯佩克朵的首创，显然其受到了马查多·德·阿西斯的影响。这位巴西文学巨擘喜欢用 pingar（滴落）这个动词表达时间的缓慢流逝，比如在短篇小说《借钱》中，"五点钟正在缓缓滴落"。此外，圆形与环形，或者具有圆环形状的一切，在李斯佩克朵的书写世界中，具有超乎寻常的地位。比如"蛋"，这是李斯佩克朵钟爱的事物，同样具有圆润的外形。无论是水滴还是蛋，都是李斯佩克朵的时间观乃至世界观的一种具象化。这种环形时间观导致了她对生命维度的独特看法。在其首部作品《濒临狂野的心》中，通过女主人公约安娜，李斯佩克朵发出了如下表达："（她的）生命是由完满的细小生命构成的，这些生命是环形的，封闭的，彼此独立。"由于生命是环形的，而且自我封闭，那么生命没有起点，也没有终点，死亡之后，续之以重生——"在每一个生命的终点，约安娜并非死去，并在另一个无机层或低等有机层开始生命，而是在同等的人之层面重新开始。"这种循环的时间观与生命观也影响了李斯佩克朵的小说形式。在她的主要作品中，比如这部《濒临狂野的心》，时间与情节并非呈线性发展，没有明显的开头、中间与结尾的区分。

第二种是用以联通生命意识或促发主体意识觉醒的"水"，通常以水的集聚形式出现，比如游泳池、喷泉、"海"或"雨"等等。这种"水"之形态一般都具有显而易见的情色性，通过近似于性行为的比拟，连接了身体与意识。一个明显的例子便是短篇小说《初吻》，干渴无比的少年的嘴唇接触到女人雕塑喷泉的那一刻，清凉的泉水流入他的心底，这唤醒了他的存在意识——"他紧闭着双眼，半张着嘴唇，把嘴狠狠地贴在水的出口。第一口清冽的泉水入口，经过胸膛流进肚子……真相从他的内心深处的那眼深藏不露的泉里流淌出来。他时而惊惧，时而感到从未有过的自豪：他成了一个男人。"《濒临狂野的心》中的女主人公约安娜陷入了身份迷茫之中，通过两次与水的接触，完成了自我意识的苏醒。而关于"雨"，最典型的例子在《星辰时刻》中，玛卡贝娅与奥林匹克每一次见面都下雨，雨水的大小同玛卡贝娅的自我认知程度呈正相关。

血及其变形，比如凝固的血与鸡血汤等，也具有联通生命意识与促发主体建构的作用。"血"不但是"水"的一种变体，而且成了强度更高的生命象征，当血喷涌而出，人才真正具有了生命。《星辰时刻》用"血"直接指向奥林匹克生命的"活力"——"他的力量血一样喷涌"。血的汩汩而出既直接指向生命的活力，又与死亡连接，因此具有"向死而生"的存在主义隐喻功能。正如玛卡贝娅在血泊与细雨中死去——"这时，开始下起蒙蒙细雨。奥林匹克说得对：她只知道下雨。细而冷的雨线很快打湿了她的衣服，一点儿也不舒服。"

关于"鸡血汤"，这是巴西特有的一种食品，也是一种特殊的变形物，兼具"血"之更强大的生命象征与"水"的"欲望满足"功能。李斯佩克朵的很多作品中，都有通过吃鸡血汤而获得生命之觉悟的场景，比如在短篇小说《爱的故事》中，女孩吃过自己最喜欢的那只母鸡所做的鸡血汤，从而真正感受到了生命意识，开始了成长——"女孩没有忘记母亲关于吃动物的那番话：她吃伊波尼娜，比家里任何人都吃得多，她不饿，但她吃，以一种几近肉体的快乐去吃，因为她知道这样伊波尼娜成为她的一部分，比活着时更属于她。家里人把伊波尼娜做成鸡血汤。因此，这女孩仿佛置身于一场异教的仪式，若干世纪来，它借由身体与身体传到她这里，她吃了它的肉，喝了它的血。她嫉妒同样吃下伊波尼娜的人。女孩是为爱而生的生灵，直到成为女人并有了男人。"女孩以几近肉体的快乐吃掉了伊波尼娜,让母鸡成为她的一部分,我们同样可以看到身体的中介作用及情色的力量。

"水"的生命隐喻能够成立的原因在于水的特性。首先,水具有清凉解渴这个基本特点,"渴"是一种欲望,用水"解渴"代表着"欲望"的满足,"匮乏"与"满足"是自我意识的产生与实现的条件,这样,在水与生命意识之间,便构成了最基本的对应关系。其次,水,尤其是海水,具有寒冷与无尽的特点,可以与孤独、自由形成联系,而孤独与自由之间的关系则是一切生命哲学所致力解决的问题。第三,"水"具有本源意义。古希腊哲学家泰勒斯认为,水不仅是万物得以产生的源泉,而且也是万物运动变化的原因。恩培多克勒则认为,世界是由水、火、土、气四种元素构成的。而就具体的生命体而言,其起源也不能离开水。比如人,必须在母亲的羊水中孕育,并伴随着水而出生。因此,在李斯佩克朵的文本中,无论对于世界,还是具体生命,就像"蛋"一般,"水"是一种能够揭示世界原初本质的事物。

"沉潜入海"这个场景对于女性人物的自我建立起到巨大的推动作用。女性潜入海中,具有生命力的流动之水进入体内,女性在孤独之中最终获得了自我意识的觉醒。在李斯佩克朵的书写中，"沉潜入海"获得了女性成人礼的地位。这类情节与李斯佩克朵的童年经历息息相关。在自传性的短篇小说《海水浴》中，李斯佩克朵分享了她的父亲带领全家在黎明时分去海水中沐浴的情景。父亲笃信海水的神秘主义功能，认为在太阳初升之前潜入冰冷刺骨的海中沐浴，之后不冲澡，任皮肤的表面被盐的结晶覆盖，会治愈一切疾病。因此，在李斯佩克朵的幼年时期，她已经有了丰富的"潜入冰海"的体验。尽管李斯佩克朵认为这种所谓的"治疗"事实上没有任何用处，但是，她亲身感受到冰冷的海水的进入对于身体与精神的刺激，能够将这种真实的体验诉之于文学创作中。

在《濒临狂野的心》中，主人公约安娜的自我意识的建构便是通过"水"进入"身体"而完成的。小说用两个分开的场面构成了完整的过程：（1）喝下咸涩的海水；（2）任冷水进入自己的身体。这两个场面，分别代表着水通过两种方式与欲望满足相连接：（1）"解渴"，意识到存在的匮乏，通过解渴而满足欲望；（2）通过颇具情色性的场景形成僭越，建立自我存在的意识。在第一个场景中，父亲去世后被伯父伯母收养的约安娜来到海边，痛饮下一口口咸涩的海水。饮水这个动作是为了止住焦渴。约安娜的这种"渴"让我们想起了短篇小说《以我的方式来写的两个故事》，第二个故事的主人公在过重的负担中无法感受到活之意义，因此感觉到巨大的渴，无论如何都无法用矿泉水来解渴。通过约安娜的内心活动，李斯佩克朵对于"渴"再次做出解释，约安娜的"渴"实际上也是对"活"的渴望，是一种无法体验到真实的"活"而引发的匮乏——"仿佛看到一个人在喝水，并且发现他很渴。深远而古老的渴，也许只是缺失了活；而想象中，他的渴要用洪水来解。"这种"活"的匮乏必须去满足，满足的方式是真实的感受与体验。在第二个场景中，约安娜回到家中，躺在浴缸中，水流入了她的体内。在一串宛如呓语的意识流动之中，约安娜形成了身体与意识的通感，将"水"与"活"联通起来——"什么最重要？活还是知道在活？非常纯净的词，晶莹剔透的水滴。我感到那透明而湿润的形状在我的体内激荡。"

在另一部短篇小说《初吻》中，我们可以看到另一个抽象的欲望的满足被具体化与形象化的例子。《初吻》呈现的是一个短小的"顿悟"场景。众声嘈杂里，突然之间，少年无缘无故地感受到巨大的焦渴，根本无法抑制。他必须找到解渴的方式，一个颇具"情色"特征的场景出现了：他喝下女人雕像口中的水，抑制住了干渴，"他又活了过来，这水滋润了他沙砾般的心田,让他心满意足"。他睁开了双眼,却惊愕地发现这是一尊赤裸女人的雕像,水正是从她嘴里流出来的。他突然唤醒了一种感觉,这女人的嘴凉丝丝的,比泉水本身更要清凉。从这里开始,性欲满足的意味开始加强——"他知道自己的嘴唇贴住了石像的嘴唇。生命从她的口中流出,送进他的口里。"经由水的自由流动的力量,生命意识逐渐从嘴进入整个身体系统——"他感到一丝恐惧,它发自内心,外表看不出来,逐渐占据了整个躯体。他的脸像炭火一样红。"水流入他的身体所引发的短暂"顿悟"之后,他"感到世界有了变化。生命是全新的,是另外一种,这是震惊的发现。他惶惑地维持着脆弱的平衡"。通过具有情色意味的嘴唇与嘴唇相接,生命之水从女性传递到男性的身躯里,促发了性意识的增长,转化为生命意识,他"成了一个男人"。

在作为《濒临狂野的心》续章的《一场学习与欢愉之书》中,李斯佩克朵以更强的情色性与更深的隐喻性书写了洛丽的入海。李斯佩克朵显然特别喜爱洛丽"沉潜入海"这个场景,后来将书中的这一章作为独立短篇,以"世间的水"为名收入小说集《隐秘的幸福》之中。洛丽在凌晨五点潜入了海水之中,海滩之上空无一人,只有一条"自由"的黑狗在关注她，黑狗是自由的，因为它从不"自我探究"。女人（洛丽）与海代表着两种截然不同的存在，她来到这里，是为了完成与海的结合：

> 它在那里，那海，是最不可理解的非人存在。女人在这里，站在沙滩上，是最不可理解的活的存在。这生灵有一天问了一个关于自我的问题，所以便成了最不可理解的流涌着血液的存在。她，面前是海。
>
> 只有一个委身给另一个，才会出现二者神秘的相聚：两种理解相互交出产生信任，两个不可知的世界才能彼此托付。

无人的清晨五点钟，洛丽赤身潜入冰冷的海水之中。大海"无限"而且冰冷，当潜身入海之时，会感到自身的渺小与尖锐的刺痛，这正是"存在"的特点。洛丽把进入海中变成了"简单而轻浮的活的游戏"，她用手围成贝壳状，大口大口地饮着海水。以一种肉体的甚至肉欲的方式，洛丽获得了精神上的"满"——"她缺少的正是这个：让海进入体内，就像男人浓稠的体液。现在她与自己完全相同。滋润后的喉咙因为咸而抽紧，双目因为阳光曝干的盐而灼红，温柔的浪冲击她又退回，因为她是船。"不同于约安娜两个动作的分离完成，洛丽在同一个场所与同一个时间完成了整套仪式，"海水"既进入了洛丽的身体之中，也经由洛丽的喉咙，通过"大口喝水"的方式，进入体内。与《初吻》中经由口而进入相比，这种直接进入的水的情色程度更强烈。这是一种"成人仪式"，通过神秘主义的方式，李斯佩克朵打通了肉体与精神，以感觉的方式，将"体认孤独"在精神层面的发生显现出来。经由水以及水具有的流动能力，李斯佩克朵联通了"感觉"与"思想"。这种打通极具象征性，以此，李斯佩克朵消解了笛卡儿的"身—心二元对立"，并解构了建立在这种二元制基础上的父权文明。这不仅可以成为李斯佩克朵使用身体进行思考的一个证明，而且也确实让李斯佩克朵的写作"巧合"般地进入了女性主义者所提倡的"女性写作"语境，完成了一种如水一般"流动"的书写。

人名对照表

F. 斯科特·菲茨杰拉德	F. Scott Fitzgerald
V.S. 奈保尔	V.S. Naipaul
阿尔弗雷德·雅里	Alfred Jarry
阿兰·德波顿	Alain de Botton
阿兰·罗伯-格里耶	Alain Robbe-Grillet
阿娜伊斯·宁	Anaïs Nin
阿涅斯·瓦尔达	Agnès Varda
埃德蒙·威尔逊	Edmund Wilson
埃莱娜·费兰特	Elena Ferrante
埃莱娜·西苏	Hélène Cixous
埃里芙·巴图曼	Elif Batuman
艾尔维·吉贝尔	Hervé Guibert
艾丽丝·默多克	Iris Murdoch
艾琳·迈尔斯	Eileen Myles
安布罗斯·菲利普斯	Ambrose Phillips
安德烈·莫洛亚	André Maurois

安妮·埃尔诺	Annie Ernaux
安托南·阿尔托	Antonin Artaud
奥利维娅·克劳斯	Olivia Kraus
保罗·奥斯特	Paul Auster
本·勒纳	Ben Lerner
彼得·汉德克	Peter Handke
波利娜·帕纳申科	Polina Panasenko
布里吉德·休斯	Brigid Hughes
查拉图斯特拉	Zarathustra
大卫·福斯特·华莱士	David Foster Wallace
戴安娜·阿西尔	Diana Athill
杜布拉夫卡·乌格雷西奇	Dubravka Ugrešić
多伊雷安·尼戈里奥法	Doireann Ní Ghríofa
菲利普·戈德堡	Philip Goldberg
菲利普·勒热纳	Philippe Lejeune
菲利普·罗斯	Philip Roth
菲利普·索莱尔斯	Philippe Sollers
弗吉尼亚·瓦利安	Virginia Valian
弗吉尼亚·伍尔夫	Virginia Woolf
弗兰茨·卡夫卡	Franz Kafka
亨利·米勒	Henry Miller
亨利·詹姆斯	Henry James
基娅拉·弗鲁戈尼	Chiara Frugoni
加里·印第安纳	Gary Indiana
简·鲍尔斯	Jane Bowles

杰西卡·本杰明	Jessica Benjamin
居伊·德波	Guy Debord
卡尔·奥韦·克瑙斯高	Karl Ove Knausgård
凯蒂·罗伊夫	Katie Roiphe
凯特·赞布里诺	Kate Zambreno
克拉丽丝·李斯佩克朵	Clarice Lispector
克丽丝·克劳斯	Chris Kraus
库尔特·冯内古特	Kurt Vonnegut Jr.
莱昂内尔·特里林	Lionel Trilling
莱纳·马利亚·里尔克	Rainer Maria Rilke
莱斯莉·贾米森	Leslie Jamison
劳拉·朗格	Laura Langg
劳伦·奥伊勒	Lauren Oyler
蕾切尔·卡斯克	Rachel Cusk
德博拉·利维	Deborah Levy
蕾切尔·卡斯克	Rachel Cusk
理查德·齐尼思	Richard Zenith
理查德·塞拉	Richard Serra
列夫·托尔斯泰	Leo Tolstoy
罗兰·巴特	Roland Barthes
马查多·德·阿西斯	Machado de Assis
马尔戈·威廉森	Margot Williamson
马克·维泽曼	Mark Weitzman
马洛伊·山多尔	László Krasznahorkai
玛格丽特·杜拉斯	Margaret Duras

玛格丽特·尤瑟纳尔	Marguerite Yourcenar
玛吉·尼尔森	Maggie Nelson
迈克尔·基梅尔	Michael Kimmel
米歇尔·布托尔	Michel Butor
米歇尔·佩罗	Michel Peyroux
纳姆瓦利·瑟普尔	Namwali Serpell
欧内斯特·海明威	Ernest Hemingway
帕蒂·史密斯	Patti Smith
帕特里夏·洛克伍德	Patricia Lockwood
皮埃尔·诺拉	Pierre Nora
乔·奥顿	Joe Orton
乔纳森·弗兰岑	Jonathan Franzen
乔治·爱略特	George Eliot
让·科克托	Jean Cocteau
让-雅克·卢梭	Jean-Jacques Rousseau
热拉尔·热奈特	Gérard Genette
萨莉·鲁尼	Sally Rooney
塞尔日·杜布罗夫斯基	Serge Doubrovsky
塞缪尔·理查逊	Samuel Richardson
舒蒙娜·辛哈	Shumona Sinha
斯拉沃热·齐泽克	Slavoj Žižek
泰茹·科尔	Teju Cole
泰斯·E. 摩根	Thais E. Morgan
瓦尔特·本雅明	Walter Benjamin
威廉·华兹华斯	William Wordsworth

威廉·萨默塞特·毛姆	W. Somerset Maugham
威廉·特雷弗	William Trevor
西尔维娅·普拉斯	Sylvia Plath
西格蒙德·弗洛伊德	Sigmund Freud
西蒙娜·德·波伏瓦	Simone de Beauvoir
西蒙娜·薇依	Simone Weil
希拉·海蒂	Sheila Heti
希莉·哈斯特维特	Siri Hustvedt
夏尔·波德莱尔	Charles Baudelaire
夏洛特·甘斯布	Charlotte Gainsbourg
雅克·勒高夫	Jacques Le Goff
雅克·勒卡尔姆	Jacques Lecarme
伊丽莎白·鲍恩	Elizabeth Bowen
伊丽莎白·博尔内	Elisabeth Borne
伊丽莎白·哈德威克	Elizabeth Hardwick
扎迪·史密斯	Zadie Smith
詹姆斯·鲍德温	James Baldwin
詹姆斯·马什	James Marsh
詹姆斯·伍德	James Wood
朱莉娅·克里斯蒂娃	Julia Kristeva

鸣 谢

MY LIFE IS A JOKE

Copyright © 2015 by Sheila Heti

Published in Agreement with Sterling Lord Literistic,
Through The Grayhawk Agency Ltd.